BL出版

桜桃のみのるころ

今江祥智 作

宇野亜喜良 絵

桜桃《さくらんぼ》のみのるころ

もくじ

第一章・見知らぬ街《まち》で

1

天窓《てんまど》をとろりと抜《ぬ》けて、その下の吹《ふ》き抜《ぬ》けになったひろがりに、舞《まい》は浮《う》かんでいた。

天窓からは月の光が、そんな舞を追うようにさしこみ、天地左右にすっきりのびた何本もの梁《はり》と柱を照らしだし――その間を舞はゆるゆると降《お》りていく。そして、かたちのいい椅子《いす》にすとっと腰《こし》をおろしていた。

いったいどうやって天窓を抜けられたものか、宙《ちゅう》にぽっかり浮いていられたものか、椅子に座《すわ》れたものか。それに、いったいここはどこなのか……。

めんくらっている舞を、明り障子《しょうじ》からさしこむ月明りがぼんやりと照らしだしている。

ふと見ると、舞《まい》の横には同じような椅子《いす》が十《とお》ばかりも並《なら》んでいて、その前は長い付《つ》け台《だい》だった。

(うちとおんなじようなお店なんだろうか)

と、舞は思い、すると気もちがことんと落着いた。

舞が着物の襟《えり》なんかをととのえていると、不意に一人の若《わか》い料理人らしい男が、すらりと目の前に立っていた。そして、

―いらっしゃいませ。

と、舞がどこから来たのかをいぶかるようすもなく、静かな声で挨拶《あいさつ》した。舞も軽く頭をさげる。

白い割烹着《かっぽうぎ》はよいとして、その下に着ているものは見なれない。それに、頭にかぶっている白い頭巾《ずきん》のようなもののせいか、男の髷《まげ》が見えない。若くて小粋《こいき》な感じだけれど……。

それでも舞は、とにかくじっと座《すわ》っていた。軽い目まいがして、なんだか夢《ゆめ》の中に

でもいるような気もちがする。

けれど、木目《もくめ》の美しい付け台の厚板《あついた》は、さわるとしっかりした手ざわりがあり、夢の中でのようなぼんやりした感じではなかった。

若い料理人は、ついとうしろののれんの奥《おく》に消えたが、すぐに美しい角盆《かくぼん》を持ってあらわれ、ぴたりと舞の前に置いた。

―店の者はみな帰りましておりません。せっかくのおこしですので、わたしがつとめさせていただきます。

と、歯切れよく言った。

舞は小さくうなずいて、ようすを見ていることにした。とにかく自分のまわりから、よく見てみよう――と思った。

長い付け台の前の壁《かべ》のうしろが、どうやら板場《いたば》らしい。それなら、ずいぶんと広い。だったら、板場のむこう側にお座敷《ざしき》があるのだろうか。

それにしても、ここの造りは食べものやのものではない。堅気《かたぎ》のお商売やの――もしかしたら呉服《ごふく》やあたりのものではないか。それならどうしてあんな料理人がいて、角盆《かくぼん》を持ってきたのか。小首をかしげている舞《まい》の前に男が戻《もど》ってきて、小さな茶碗《ちゃわん》を盆に置いた。

(玉露《ぎょくろ》よね)

と舞は思い、手をのばした。

(う、ちのよりずっと上物《じょうもの》だわ)

一口飲んでそう思った。男はまたのれんのうしろに消える。

(おじいさまが昔、家で毎朝飲んでらしたようなものね……)

舞の胸《むね》を、おじいさまの面影《おもかげ》がゆっくりと過《よ》ぎった。亡《な》くなった朝のまンまのおだやかな顔である。

(あの前の晩《ばん》は久しぶりに七蔵《しちぞう》さんが店にいらして、お泊《とま》り下さっていた……)

七蔵は、舞の祖父の料理のお師匠《ししょう》であった。何しろ、長らくのお城勤《しろづと》めの祖父が、

一念発起《いちねんほっき》、侍《さむらい》をやめ、思いきって料理人になろうというきっかけになった方だ。それが、おじいさまが亡《な》くなる前の晩《ばん》に来て泊《とま》って下さってただなんて、ほんとにふかーいご縁だった……。

舞《まい》が束《つか》の間《ま》の思い出にはまりこんでいると、男がつ、と、あらわれて、盆《ぼん》の上に一皿置いた。

（桜鯛《さくらだい》のおつくりね）

やはりここが呉服《ごふく》やであるはずはなかった。付《つ》け台《だい》に反物《たんもの》をつるるつるるつるりとひろげるんでなくて、お料理が出てきたもの……。

舞の手が勝手に動いて、箸《はし》でその一切れをつまんでいた。まことに品良く薄《うす》づくりにされたのを口に入れ、ま、いいおさかな……と目を細めていた。あしらいのわらびをつまみ、二切れめはわさびをつけて口に入れていた。おかげで鼻のとおりが良くなったものか、店の匂《にお》いというか——ほんわりとおいしそうな気配が舞を包むのがわかった。

(でも四切れじゃ、ものたりない……)

おいしかっただけに、そんな文句が胸《むね》に小さくわだかまった。舞が惜《お》しそうにおしまいの一切れをたいらげるのを待っていたように、次の一皿が置かれた。

(茗荷《みょうが》、菜の花、ふきのとう……が、くずあんに包まれてる。う。ほろにがくっていいお味……。でもこのゆわーんと口に溶《と》けるものは何かしら?)

の目になった舞に、

—つまみ湯葉《ゆば》です。

と、舞の知らないものの名を口にした。

三皿目が運ばれる。

—とり貝に、野蒜《のびる》……。

舞の口から小さく言葉がもれる。それに、この辛子味噌《からしみそ》がぴったしだわ……。

男はそんな舞をちらと見やってから、奥《おく》に入った。

四皿目は蛤《はまぐり》の酒蒸《さかむ》し、次は稚鮎《ちあゆ》の塩焼きであった。蛤には山あさつき、稚鮎には木《き》の芽酢《めず》がぴったしだし——と、舞《まい》は味わうのに忙《いそが》しかった。

（これはもう七蔵《しちぞう》さんなみの腕《うで》よ……）

と舞は胸《むね》の奥《おく》でひとりごちた。

（七蔵さんをお連れしたいくらい……）

六皿目は、大根の煮《に》たものだとわかったが、その甘味《あまみ》も初めてのものだった。

（これは？）の目になった舞に、男は「淀大根《よどだいこ》です」と、教えてくれた。

—ヨドダイコ？

おうむ返しに繰返《くりかえ》す舞にまた、

—浪速《なにわ》でだけとれる大根です。

—ナニワデダケ？

舞は口を押《お》さえた。ナニワといえば上方《かみがた》ではないか。そしたらここはナニワのどこなのか？　それにわたし、どうしてナニワにいるのかしら？

——ナニワのどのあたりですか？

思いきってたずねていた。

——京の室町の近くですけど……。

——ムロマチ？　キョウの？

舞はどきどきした。どうしてそんなところに——いやここにわたしがいるの？……。

——遠くからおこしですか？

——はい、あ、いえ……。

舞はどう答えてよいか戸惑《とまど》った。ムロマチという所の名は聞いたことがあった。それにしてもどうして……いや、これはやっぱり夢《ゆめ》。だからどこにいてもおかしくないのよ……。早口で自分に言い聞かせていた。

それにしたって、いくら夢の中だとしても、わたしが暮《くら》しているあの城下町《じょうかまち》の名を告げたところで、まさか知っているとは思えなかった。何しろ、ここから遥《はる》か遠くの、小さな町だもの……。ここは京の都《みやこ》なのですもの……。

そう思いながらもその一方、料理の一つ一つのお味がはっきりとしているので、夢《ゆめ》ならこうまでは味わえまい——とも思っていた。

舞《まい》は思いきって手をのばして、ふとももののあたりをきつくつねってやった。

（いたーい！）

声をあげないのがようやくのことだった。夢からさめるどころか、痛《いた》みがしっかりとももに残っている。

男は知らんぷりで、そんな舞のようすを見やっていたが、黙《だま》って次の一皿を持って戻《もど》ってきた。

（……お寿司《すし》のようだけど、いったい何を握《にぎ》ったものなの？　それにかたちにしたって、箱か何かに詰《つ》めてかためたように——見える）

—サバズシでございます。

（サバズシ？）

これもナニワのものか——と思いながらも、ためらわずに箸《はし》はのばしていた。これまでのものが、どれもこれもおいしかったせいだ。一口食べると――昆布締《こぶじ》めの味が口じゅうにひろがった。

（江戸前のお寿司にはないお味……）

男は、そんな舞の表情《かおいろ》をよんでいる。けれど「あとは水物《みずもの》とお菓子《かし》になります」とだけ言うと、奥《おく》に入った。

舞はサバズシというのをきれいにたいらげると、そっと口を拭《ぬぐ》った。それから、ふうう……と、満足気なため息をついた。ひろがるため息の中で、舞の姿《すがた》がゆうらりとゆれた。ゆれてゆれて、ゆれるたびに姿が薄《うす》れていった。舞は少しずつすきとおっていき――すいと、椅子《いす》の上から消えた。ため息に溶《と》けこんでいった――みたいに……。

男が戻《もど》ってきて、からっぽの椅子に目をやり、角盆《かくぼん》を引くと黙ってさがった。手洗《てあら》いにでもいかれたのかな？――という顔になっていた。

一拍《いっぱく》も二拍も置いてから、水物とお菓子を持って戻ってき、舞の帰りをしばらく待っていた。

店じゅうが急にしんと妙《みょう》に静まりかえっている。

天窓《てんまど》と明り障子《しょうじ》からさしこんでいた月明りも、やんわりと消えていき、店の中に薄闇《うすやみ》がひろがる。男はその薄闇を見渡《みわた》した。まるでさっきのお客が、その闇に溶《と》けていったものか——と思案している目になっている。

しばらく待ってから男は、

—やっぱりあの方は——もしかしたら……。

とだけつぶやくと、からっぽの椅子《いす》に一礼してから、のれんの奥《おく》に入った。

戻《もど》ってきたとき、男はワインをみたしたグラスを手にしていた。舞《まい》が座《すわ》っていた椅子にむかってグラスを揚《あ》げて、さっきのあの方に乾盃《かんぱい》した。

—とにかくここはこんなに古い町家《まちや》やし、何があらわれはってもおかしゅうないわ……。

これも自分に言い聞かせるようにつぶやくと、残りを一気に飲みほした。薄闇の中に、甘《あま》やかなフルーツの香《かお》りがかすかにまじるワインの残《のこ》り香《が》が、うっすらとただよっていた。

お芝居《しばい》の舞台《ぶたい》の幕切《まくぎ》れのように、カウンター席ぜんぶが、ふっと闇《やみ》に溶《と》けた。

料理人は、勝手知ったるわが家を歩く足取りで、板場に戻《もど》っていった。

2

そらまめ色ののれんをていねいにしまいながら、舞《まい》は奥《おく》の調理場までよく通る声で、

――お疲《つか》れさまでしたあ……。

と、呼《よ》びかけていた。

おうい……と、くぐもった声で応《こた》えたのは新吉《しんきち》だ。七蔵《しちぞう》さんが、この男なら――と、おじいさまの後釜《あとがま》にすえてくれた人だ。

まちげえねえ――と、七蔵さんが太鼓判《たいこばん》を押《お》した料理人だけあって、つくるものの

一つ一つが、舞《まい》の口に合った。正《まさ》に玄人《くろうと》さんのお味――と舞は思い、それと、自分がつくる素人《しろうと》あがりのものをないまぜにしたら、よそさまにはないお味の店にもなれる――と、納得《なっとく》した。これで続けていける……。

新吉《しんきち》は、年齢《とし》のほうは舞の一回りも上、そのくせ、ちょっと見には舞のすぐ上の兄さんくらいにしか見えなかった。これまた、舞のすぐ上の姉さんくらいの若《わか》い奥《おく》さんがいて、

―あいつはなかなか料理にうるさくってね。

と、新吉は舞にぼやくことがある。

―たまにあっしが工夫したやつを食べさせると、「こんなのだめ。ずうっとつくってきたのがあるでしょうに。そっちならちゃんとつくれるし、味も上々。どうして下《へ》手《た》な細工をしたりするの」ってくる。

―ま、おじいさまとおんなじだ。

と、舞は嬉《うれ》しそうに言う。

――いやいや、あれの舌《した》が古いだけでさ。

――おじいさまも――かな？　わたしが母や祖母に教わったものに、一工夫《ひとくふう》も二工夫もして新しいお味に仕上げたものを食べると、あとでやっぱり「工夫する前のが食べたい」って言うの。

――新しいお味に、古くなった舌が追いつかなかっただけですよ。

――おじいさまは威張《いば》ってね、「新しい味なんぞ一生に一つか二つもつくれりゃあ上等よ」なんて憎《にく》まれ口《ぐち》を叩《たた》くの。

新吉は笑《わら》う。気が合うのである。

今夜は二人して、七蔵《しちぞう》さんの話になった。

――七蔵さんって、いつだっておじいさまの肩《かた》を持つのよ。「ご隠居《いんきょ》が工夫された新しいお味って、五つや六つじゃあなかったですよ」だなんて。

――あの七蔵さんがねえ……。

——一つか二つで上等なら、五つもあれば特上じゃない、もう……。

舞《まい》は嬉《うれ》しさと口惜《くや》しさをまぜた口ぶりになる。

——新しいお味って、生まれて初めて味わうもんだってことでしょう?

——そういうことになりやす。

——だったらよけい……。

と、舞が言ったとき、のどの奥《おく》から不思議な感じがこみあげてくるのがわかった。

なんにも口にしていないのに、舌《した》の上にじんわりとその感じがひろがって——

「味」になってくる。

(これって、そう。初めてのお味よね……)

とまではわかるが、何だったのか——のあてがつけられずにいる。それなのに味のほうは、とろりとのどもとから落ちる。

おいしい——と、のどが鳴った。

(でも、どこかで、たしかにいただいたお味だった。どこでのことだったかしら?

……）

新吉《しんきち》は、そんな舞のことを黙《だま》って見つめている。

しばらくしてから、舞が「あっ！」と小さく声をあげた。

―ムロマチのあのお店よ。

―ムロマチ？

新吉が、初めて聞く魚の名のように繰返《くりかえ》した。

―そう。キョウノムロマチ。どこかしら？

言葉が勝手にこぼれてくる。

―京の室町ですって？

新吉は、さすがにちゃんと言い直した。

―ご存《ぞん》知《じ》なの？

―いや、聞いたことのある所、ってだけですが……。

―わたしは、そこにいたの……。

舞《まい》は言ってしまってから口を押《お》さえた。妙《みょう》な言い方だと気づいた新吉《しんきち》は、黙《だま》って舞の次の言葉を待っている。

―どうして、あそこにいたの――かしら?

舞の脳裏《のうり》に古くて美しい柱がすっくり立ち上がり、それをずいと梁《はり》が横切る。厚手の付《つ》け台《だい》がずずんとのび、かたちのいい椅子《いす》が、かたかたかたと音たててその前に並《なら》ぶ。そしてそのはじっこのに、舞は腰《こし》かけて――いた……。

そこへすらりとした料理人があらわれて挨拶《あいさつ》し、一皿また一皿と料理を運んできた。そしてその一つ一つがおいしく、その中に「初めてのお味」がいくつかあったのだ――った……。あれはいったい何だったたの?

(どんなお味だった?)

(なんのお味だった?)

舞は自問自答するが、答えは見つからない。

――……ごめんなさい。

新吉に、まずあやまっていた。

—夢《ゆめ》でみたの？

—……？

—夢でいってたところなの。

—……。

—夢の中で食べてたの。だからお味のほうは……夢の中に溶《と》けてしまって……。

—ははあ……。

新吉は、夢の話だったと聞いても笑《わら》わなかった。かえって、ちょっとこわい顔になって舞のことを眺《なが》めている。

—……何をお食べだったか、思い出せませんか。キョウノムロマチなんて、いかれた所の名まで覚えてらっしゃる。ちょいとそのう……。

新吉はなんとか聞き出そうとする。舞も応《こた》えようとする。

すると、頭の芯《しん》がずきんと痛《いた》んだ。

顔をしかめた舞《まい》を見て、新吉《しんきち》は、はは、はと笑《わら》った。
―こいつはどうも。夢《ゆめ》の話っておっしゃってるのに、ついつい問いつめたりして……。
申しわけありませんでした――と頭をかいた。
――……ほんとよ。ねえ……。
ほっとすると、痛《いた》みが消えた。するとまた舌《した》の上に味が戻《もど》ってくるではないか。
じわじわじわりと、甘《あま》い。
（これって――そう、あのときの、たしかヨドダイコ――って言ってらした……）
―思い出せた。ヨドダイコのお味だった。
―ヨドダイコねえ。
新吉も、あのときの舞と同じように、おうむ返しに言うだけだった。
―昆布《こんぶ》のお味もきいていたけど、甘くってとろりとしていて……。
舞の言葉には上《うわ》の空《そら》で、新吉は考えこむ顔になっている。

（ヨドっていやあ、「淀《よど》」のことかも。船旅をしたっていうお方に聞いたことがあったな。なんでも京から南のあたりだとか……）

（夢の中で、いったいどこかしら――ってとこで食べたものにしちゃあ、いやにはっきりと名前も味も覚えておいでで、つじつまが合いすぎだよ。夢の中の話にしちゃあ、出来すぎだってことよ……）

――いやあ、えれえもんだ。

新吉は、口調をかえた。

――さすが、長いこと料理を続けてこられただけあって、夢の中の味まで、きっちり覚えてらっしゃる。

今度は夢の中の話にしている。

舞はかすかに笑い、かすかに身ぶるいしていた。

（そうよね。夢の中のことにしても、いやにはっきりと残っているもの……）

そして、

（いや、あれは夢《ゆめ》なんかじゃなかった。だって、あんな料理人のようすって、見かけたことなかったもの……。知らないものが見える？）

と、思い出していた。

夢って、ほんとに見聞きしたものを、少しだけかたちをかえて見るものでしょ。いったことのないところだっていくけど――そこの名前まで夢の中で聞いたりはしないもの……とも思っていた。

（でも、それ以上戻《もど》るのはよしましょ。夢じゃないとしたら――時もところもこえてどこかへいったのだったとしたら――）

思っただけでまた、頭の芯《しん》にちくりときた。

（おじいさまが亡《な》くなったせいかしら。わたし、ふっとどこかへいくような気がするときがある……）

黙《だま》りこんでしまった舞《まい》に、新吉《しんきち》は小さく咳払《せきばら》いし、

――いやあ、本日もお疲《つか》れさまでした。

と、明るい声で言った。舞がうなずく。

すると、そんな二人のまわりに、雑用をする若《わか》い金五《きんご》とか、お運びの小女《こおんな》なんかがしゃべっている声が、とびかい始めた。

舞は行灯《あんどん》の火も消し、通いの者たちと揃《そろ》って店をあとにした。そして浅《あさ》い流れにかかる小橋を渡《わた》ったところで四方に別れた。これはいつものことだ。舞は一人になった。

――

舞は、ふっと寒気を感じた。こんなことって初めて――と、どきどきした。いつもなら足早に家まで戻《もど》り、ちゃんと起きて待っていてくれる母親に、手土産《てみやげ》の一つも渡すと、ほうっと体じゅうのつっぱりが消えていってくれる。

なのに、どこか足がすくむのだ。

足許《あしもと》の道から目をあげると、その道は次の辻《つじ》で二つに分れているはずなのに、まっすぐに白々と続いてのびているではないか。

ぞくりとした。

ここを歩き続けてしまうと、またどこかへいくのではないか……。舞《まい》は足がすくんだ。体じゅうの力を抜《ぬ》き、「やああ」と自分に小さく掛声《かけごえ》をかけて、一呼吸《ひとこきゅう》した。なんだかこれから剣《けん》の試合にでものぞむみたい――とおかしかったが、その小さな微《び》笑《しょう》も何故《なぜ》かこおりついていくのがわかった。

（たしかに誰《だれ》かが引いているわ……）

思いながら、まぶたが重くなっていく。

そのかわりのように、体が軽くなっていくような気もする。そしてもう少しで、舞がふっと宙《ちゅう》に浮《う》かぶんじゃないか――と感じたとき、ぺたぺたぺたと、うしろから草《ぞう》履《り》の足音がした。

新吉《しんきち》の声がかかった。

―そんなとこでお立ちになってちゃあいけませんぜ。

はっと眠気《ねむけ》が消えてくれた。

―お送りしやす。

有無《うむ》も言わせず腕《うで》をとって歩きだしていた。少しいくと二つに分れた辻《つじ》があり、二人は右に曲っていた。

＊

まったく同じころ、あの室町《むろまち》近くの料理屋のカウンターで、灯《あか》りが突然《とつぜん》、暗くなった。食べている七人のお客は気づかなかったが、あの料理人は、そっと灯りを見上げた。

（またたいているぞ、電球がなあ……）

それはない、と強く思った。ランプや蝋燭《ろうそく》の灯りやったらなんやけど……。

すると、それはまたたくのをやめた。

カウンターが、さっきまでと同じ明るさに戻《もど》り、焼方《やきかた》の若《わか》いもんが、のれんの奥《おく》から串《くし》に刺《さ》したうなぎを持って出てきた。カウンターの前の炭火にかける。かすかに煙《けむり》があがり、灯りがぼんやりとなる。けれど、またたいたりはしていない。

料理人は帽子《ぼうし》をかぶり直した。

―お二人様、おつきです。

入口から顔を出したお運びの女性が声をかける。

（これで満席。あの方がいらしても、おかけになる椅子《いす》はない――ということや……）

（そやけど、あのときは、みなさんお帰りになって、うちの連中を帰らせたあとでおみえやった……）

そう思い直すと、小さく咳《せき》が出た。

なんだか奇妙《きみょう》な予感のようなものが、左手のてのひらをむずむずさせてくれる。

（ま、おいでになったら、どこからおいでになったかくらい、ちゃんと訊《き》いてみよう）

と思いながら、焼方のうしろにいき、焼き加減《かげん》に目を配っていた。

焼方がふりむいた。

料理人を見ないで、そのうしろの壁《かべ》のあたりを見つめている。

（おや、今夜はこちらからおいでかな……）

料理人は一歩さがって、壁を見つめた。

誰《だれ》もいない。何も見えなかった。

（あたりまえのことやないの）

苦笑《にがわら》いしながら、のれんの奥《おく》に入っていった。調理場では十人ばかりもが忙《いそが》しく立ち働いており、あの方がもぐりこむ隙間《すきま》なんてなかった……。

そのころ舞《まい》は、送ってくれた新吉《しんきち》と母親と三人で冷《ひ》や酒《ざけ》を軽くやりながら話していた。

—京へお出かけのことがございましたか？

新吉が訊《き》き、

—いきとうございましたが……。

と、母親がおだやかに答えていた。

—おじいさまも？

舞《まい》がたずね、そうよ——という答えが返ってきた。

（それじゃ、うちでは誰《だれ》も京のことなんか知らないんだ……）

キョウノムロマチって、わたしだけが知ってるとこ。いつかほんとにいってみたいもの……と舞は思い、すると、何かが自分を押《お》しているような気配を感じていた。押されるようにして立ち上がり、壁《かべ》にかけっぱなしの竹刀《しない》を手にしていた。

新吉《しんきち》が、何をなさるおつもりで？——と言いたげにそんな舞のことを見上げ、

—そんなもの握《にぎ》ってちゃあ、お酒がおいしくいただけませんよ。

と母親に言われて、舞は手からぽろりと竹刀を落としていた。すると今度は、竹刀が何かに押されるように、ひとりでに横に転がっていった……。

第二章・京、ふたたび

1

ほのぬくくてまったりとした味が、ゆあーんと口の中にひろがるところで、舞《まい》は半分目を覚ました。

（なに？　これはなんのお味？……）

すると耳許《みみもと》で声がした。

――えびいもをたいたんです。

（えび？　いも？　どっちなの？　たいたん――って？）

何のことだかわからないが、今の声はたしかあのお店の人の――と思いおこしていた。

すると頭の奥《おく》にムロマチのあのお店の長い付《つ》け台《だい》が、ずずずーいとのびたところで、舞ははっきりと目を覚ましていた。あのときの料理人、つまり板前さんの声は耳の底に残っているので、すぐにわかった。

けれど今食べていたのは夢《ゆめ》の中で、だった。あのときのようにあそこへいっ、いったわけではなかった。

(それにしても、今の夢の中でのお味は、あのときにはなかったものなのに……)

どうしてだか生なましく口の中に残っている。

舞が小首をかしげていると、枕許《まくらもと》に何かがころがってくるかすかな音がした。上《うわ》目《め》づかいに、それが竹刀《しない》のものだとわかったとたん、舞はつつつと蒲団《ふとん》を抜《ぬ》け、横にひところがりすると立ち上がっていた。

(隣《とな》りの部屋の壁《かべ》にかけてある竹刀なのに……)

誰《だれ》かがつよい糸か弦《つる》のようなもので竹刀を操《あやつ》っているのではないかと目をこらす。

何も見えず、誰もいない。いるわけがない。

そこで舞は、ゆうべのことを思い返してみた。お母さまと新吉《しんきち》さんと三人で冷《ひ》や酒《ざけ》をかわしながら話していたのに、舞は何者かに押《お》されるように立っていって竹刀を手にしていた。それを取落とすと、竹刀も何かに押されるようにころがっていた……。

(呼《よ》んでいるのかしらん……)

舞は思った。

(これは、もしかしたらムロマチの続きよ)

それにしても、いったいどうすればその「続き」の中に入っていけるのだろうか。

舞は竹刀のことを生きものででもあるかのように見つめてやった。竹刀は舞のひとにらみを避《さ》けるように、もうひところがりしただけで、それきり動かなくなってしまった。

(続きなら続きらしく、おしまいまでちゃんとやりなさいよ)

舞は竹刀に文句を言ったつもりでひとにらみすると、部屋を出ていった。

その日、店に出かけるときに舞はその竹刀《しない》を握《にぎ》りしめていた。

（あそこから言伝《ことづ》てがあるなら、きっとこれを使ってだから……）

と、自分に言い聞かせながら風呂敷《ふろしき》包《づつ》みの横で握りしめていた。店について奥《おく》の小部屋で仕事着に着がえると、小さな床《とこ》の間《ま》の片隅《かたすみ》に立てかけておいた。そこには舞しか出入りしないから、ときどきそっとのぞいて竹刀のようすを見ればよい、と思ってのことだ。

けれどその夜も、いつものようによくお客が入り、舞は忙《いそが》しく板場《いたば》と客席を往《い》き来《き》し、竹刀のことなど、すっかり忘《わす》れていた。

おしまいのお客が店を出たあと、ひといきいれて着がえに入って、竹刀のことを思い出した。

竹刀は、なくなっていた。

――誰《だれ》か竹刀が歩いてたの見かけなかった？

などと訊《き》くわけにはいかず、舞は床の間の前に立ちつくした。

舞の出てくるのが遅《おそ》いのに気づいた新吉が、遠慮《えんりょ》がちにほとほとと襖《ふすま》を叩《たた》くのが聞こえるまで、舞はぼんやりした目で小部屋のあちこちを眺《なが》めまわしていた。

察しのいい新吉は、

―何か失《な》くし物でもなさったので？

と訊《き》いてくれた。

（竹刀がどこかへいってしまって……）

と口に出かかったところをのみこみ、舞は手早く帰り支度《じたく》をすませ、いつもとかわらず、みんなで店を出た。

そのくせ、舞の目が何かを探《さが》し続けているのに気づいた新吉は、そっと舞の視線《しせん》を追っている。けれど、それがまさか竹刀を探しているなどとは、さすがの新吉でも思いもよらぬことだった。

それでも気がかりで、前の晩《ばん》に続いて舞を家まで送り届《とど》けてくれた。

二晩《ふたばん》続けて新吉が送ってくれたことで、母親が首をかしげた。それでもそんな素振《そぶ》りは舞には見せず、新吉を請《しょう》じ入れた。

舞はふらりと座敷《ざしき》にあがると、竹刀《しない》をかけてある壁《かべ》の前に立った。

なんと、あの竹刀は、家に戻《もど》っていた。

手に取るのが怖《こわ》くて、舞はその竹刀をただ眺《なが》めやるのが精一杯《せいいっぱい》のことだった。

(竹刀は歩いて帰ってきたのか?)

(いや、それとも飛んで戻ってきたものか?)

どちらも、あるわけのない「出来事」だった。それでも舞は竹刀の先っちょをじっと見つめた。

(歩いてなら汚《よご》れがついているはず……)

そんなわけはなかった。

竹刀には土のかけら一粒《ひとつぶ》だってついていない。けれど舞の手が、それを握《にぎ》ったときの感じを覚えている。それをあの小さな床《とこ》の間《ま》の片隅《かたすみ》に立てかけたときの角度も覚えている。

いつのまにか、新吉と母親が、そんな舞のうしろにそっと立ってきていた。

—竹刀のことをたいそう気になさっておいでで……。

新吉がひとりごとのようにつぶやいた。そして六本の竹刀を一つ一つていねいに見ていった。

—朝からずっとこのままだった?

舞が母親に訊《き》いた。

—そうだった気がするけど……。

改まって訊かれたもので、母親は頼《たよ》りな気《げ》な答え方になった。

—一本、どこかにいってたってことはなかった?

—……さあ。

母親にとって壁の竹刀は見馴《みな》れすぎて気にもとめないもの、であった。

—いってた——っておっしゃいましたね。

—……。

——まるで竹刀《しない》が一人歩きでもしてるような言い方で。
新吉がいいところを衝《つ》いてくれた。
舞は思いきって言ってみた。
——ゆうべだって落っことしたのに、ひとりでころがってたの、見なかった？
——さあ、そこまでは……。
それでも新吉は、それは落とされたときのはずみでしょうや……とは言わなかった。
舞の言った言葉をじっと繰返《くりかえ》していた。
（ひとりでころがってた——だと？）
舞の思いすごしだと言うのはわけないことだが、それだとそのあとの話が続かない。
そのとき母親が思いもかけないことを口にした。
——もしかしたら、おじいさまのいたずらかもよ。
——おじいさまの、い・た・ず・ら？
舞がおうむ返しに繰返して目を丸くした。

―わしがあちらにいったあとも、何かできることがあるかもしれんぞ……っておっしゃってたこと、思い出したの。

―できることですって……。

―竹刀を動かしてみるってのも、その一つかもしれませんやね。

新吉が、真面目《まじめ》に受けた。

―そ、そんなことができるっていうの！

舞は小さく悲鳴をあげるように言った。

―竹刀が一人歩きしたようなことを言ったのは舞じゃありませんか。

母親が澄《す》まして言い、

―おじいさまって、あのお顔でいたずらがお好《す》きだったもの、それくらいのことはなさるかもしれませんよ。

と、真面目な目でつけたした。

―それにしてもォ……。

舞は仏間《ぶつま》に駆《か》けこんでいった。

*

おじいさまの位牌《いはい》は仏壇《ぶつだん》の奥《おく》にちゃんとおさまっている。見たところ何のかわりもなかった。あたりまえのことだ。ここで位牌が笑《わら》いだしたりしたら、いくら舞でも、とび上がるにちがいない。

舞はおじいさまに話していたように位牌に語りかけていた。

(竹刀《しない》なんか動かしたりしてェ。誰《だれ》だって驚《おどろ》くでしょ。それに、もしかしたらムロマチのあのお店へわたしのことを送りこんだのも、おじいさまの仕業《しわざ》? そんなことまでおできになるの?)

位牌はむろん、こくりとも動かない。

舞は線香《せんこう》を一本取って火をつけた。

—もしもそんなことがおできになるのでしたら——もう一度ムロマチのあのお店にわたしのことを送りこんで下さいませんか?

小さく声に出してお願いしていた。

新吉と母親が、そっと仏間をのぞいてみると――誰《だれ》もいなかった。線香が一本立てられて細い煙《けむり》をまっすぐにあげているばかり。

――たしかにこちらへいらした気がしたのですが……。

新吉が首をかしげた。

線香の煙がくるくる回りだしているのに気づかぬまま、二人は次の間《ま》、その次の間を探《さが》していた。

舞が、家から消えていた。

――こんなに遅《おそ》く、どこかへお出かけになったのでしょうか。

新吉は、今にもとび出していきたいところをおさえてたずねた。

――あれでけっこう気まぐれなところがある娘《こ》ですから。おじいさま似っていうんでしょうか。

母親はべつにあわてもせずにそう言っただけだった。

――歩きだした竹刀《しない》のあとでもつけているんでしょうよ。そのうちあきらめて戻《もど》ってきますよ。

新吉にうながされて、念のために竹刀のかけてある壁《かべ》を見て、二人は顔を見合わせた。

竹刀が一本、消えていたのだ。

――そんなこたありませんや。舞さまが持ってお出になったんで……。

新吉は自分に言い聞かせたくてつぶやいていた。

2

さすがは京のムロマチらしく、着物姿《すがた》でその店ののれんをくぐるお客もよく見られた。そのおかげでか、舞《まい》がのれんをくぐるのを、店の者は誰一人《だれひとり》不思議がることも

なく、

——いらっしゃいませェ。

と、声をあげただけで、舞はあの付《つ》け台《だい》の席に案内された。

待っていたようにあの板前さんがあらわれて、挨拶《あいさつ》した。

(この人は、あのときわたしが突然《とつぜん》消えたのを見ていたはず。それなのに、今わたしがこうしてまた不意にあらわれてもちっとも驚《おどろ》かない。何も訊《き》こうともしない。どうして?)

舞は板前さんのことをまっすぐに見て、会釈《えしゃく》した。板前さんも会釈を返し、「おきまり」でよろしいでしょうか? と訊《き》いた。舞は黙《だま》ってうなずいた。

板前さんがうしろののれんの奥《おく》に入ったので、舞はそっとあたりを見回した。

何もかもがあのとき——初めてこの席に降《お》りてきたときのまんまだ。ただ今度はほかの席にお客がいた。

誰《だれ》もが、舞の見たことのないかたちのものを着ているので、舞は一人一人の身につけているものをじろじろ見てしまう。むこうも舞のことはちゃんと見えているのに、べつに気にするようすも驚くこともない。着物姿《すがた》にも髷《まげ》のかたちにも目もくれなかった。

舞は自分のはしたない目のやりかたに気づいて、座《すわ》り直した。

板前さんが冷たくておいしいお茶を出してくれ、それを一口飲んで気もちをしずめた。

板前さんもまた何もたずねない、舞が表からやってきたことにも驚かない、前には天井のほうから降《お》りてきたことにもふれないで――初めの一品《ひとしな》を運んできた。

――ハモです。オトシにしてございます。

と聞こえた。

舞には知らないものの名前だった。

まっ白い魚（らしい）の身だが、白い花でも咲《さ》いているように見えた。

――ふつうより大きいものですが、おいしゅうございます。

舞のけげんそうな目に応《こた》えるようにそう言ってくれた。

初めて見るもの、であった。

舞は箸《はし》を取ると、そえられた小皿のものをつけてそのハモノオトシとやらいうものを口にしてみた。

冷たくてひきしまっていて、それでいて口の中に入れるとふんわり溶《と》けるようにいただける。

—お・い・し・い。

思わず口からもらしていた。

—今では東でも使うところがあるようですが、元は西《こちら》のものでした。

板前さんがハモの素姓《すじょう》について教えてくれた。舞のことをどうやら東の者——と見なしての「説明」らしかった。

—初めていただきました。

舞は正直に言った。

—おいしくて、もうすっかりいただいてしまいました。

板前さんはにこりとすると、のれんの奥《おく》に消え、すぐにとって返した。同じ器に同じものが盛《も》られている。

—ハモノオトシ?

—はい。あんまりおいしそうに召《め》しあがられたものですから、お代りにいたしました。

—ま。

—めったにいたしませんが……。

板前さんは低声《こごえ》でつけ加えた。それからまた奥に消えると、何やらをざるに入れて持って戻《もど》った。

—これがハモという魚の元の姿《すがた》です。

目の前の大きな俎板《まないた》にハモを置くと、大きな庖丁《ほうちょう》を取上げ、つつつうと骨《ほね》を外《はず》し、頭を切落とした。それから白身に庖丁を入れ始めた。シャッシャッシャッと歯切れのいい音がして、薄《うす》い皮一枚を残して切っていくのがわかった。

—骨切《ほねき》りといいます。小骨の多い魚ですので、これをしないと食べられません。

舞は小さくうなずきながら見惚《みほ》れている。こんな捌《さば》き方をする魚は見たことがない。こんなに淡白《たんぱく》でいておいしい身も、口にしたことがない。

—これを熱湯にくぐらせ、氷水に入れて仕上げます。

まるで舞のことを料理屋の女将《おかみ》と知ってのうえ、それもハモのことを知らない東の者と知ってのうえのことにしか思えない「サービス」であった。

矢立《やたて》と筆と紙があればちゃんと書きとめたかったが、持ち合わせがない以上、きちんと覚えておくしかなかった。

—特別にお持ち帰りができるようにいたしましょう。鍋仕立《なべじたて》で召《め》しあがれるようにセットしておきましょう。

(セット?　なんのこと?)

わからないなりにうなずいておくしかなかった。もしそんなものがあちらまで持ち帰ることができれば、新吉《しんきち》さんにまず味見してもらお、と思って二人分うなずいていた。

―お帰りのときお渡《わた》しいたします。

板前さんはそう言いながら、ちょっと強い目になって舞のことを見た。前のようにいきなりお消えになっては困《こま》ります、お帰りのときこれをお持ち帰りになるところをちゃんと見届《みとど》けさせていただきます――といった目になっているのが舞にもわかった。

（おじいさまにお供《そな》えしましょ）

舞は思っていた。

（このお味、きっとお気に召《め》すでしょ）

ここへこうやって送りこんで下さったお礼だから、ちゃんといただいて帰らなくっちゃあ……と思っていた。

（でも、どうやってあちらへ帰ったらいいのかしらん？）

それに思いいたると不意に胸《むね》がどきどきしてきた。

気がつくとこのお店の前にきていた。ひとりでに入っていた。座《すわ》っていた。食べていた。話していた。

（お味だってしっかりわかる。このおいしさは舌《した》が覚えていてくれる）

（でも、自分はどうやればあちらへ戻《もど》れるのだろ？）

ぐずぐずしてはおられない——とあわてていた。前のときのように一通りいただいたりしていては、帰りそびれてしまうのではないか。

—あのう……。

次に板前さんが前に戻ってきたとき、舞は思いきって言ってみた。

—急にそのう、大切な用件を思い出しました。大変失礼ですが、これで帰らせていただきます。

ほかのお客には聞こえないくらいの低声《こごえ》になって話した。

—ただそのう、お持ち帰りとおっしゃったものはいただきたく……。

虫のいい話だとは知りながら、おじいさまのためにあれだけは——という気もちになって頼《たの》んでいた。

—よろしゅうございます。ただいま、お持ちいたします。

舞はそっと席を立った。そこではっと胸《むね》を押《お》さえていた。お支払《しはら》いはどうするのだ？　わたしが持っているものでお支払いできるのだろうか？　あのようなおあしを出すと、驚《おどろ》かれるのではないだろうか。

あのお召物《めしもの》のみなさんが銀や小粒《こつぶ》をお持ちには思えなかった。

板前さんが風呂敷包《ふろしきづつ》みにしてお土産《みやげ》を差出した。

—お代は次のときにいただきます。今日はまだ初めの一品しかお召《め》しあがりいただいておりませんので……。

—まっ！

渡《わた》りに舟《ふね》というところだった。

舞はただただていねいに頭をさげていた。

—また近々、ぜひおいで下さい。

板前さんが丁重《ていちょう》におじぎする前を、舞はふわりふわりと歩きだした。

店の外に出る。同じような町家が続いている。ずうっとむこうまでそのようだ。これだとあそこの角を曲ったところで、もしかしたらうちのお店の行灯《あんどん》が見えてくれるかもしれない——と、舞は都合のいいことを願っていた。

ふりむくと店の前でまだ板前さんが立って見送っている。

(わたしの消え方を見ているのかしら……)

と思った。

(それはわたしにだってわからないんです)

そう叫《さけ》びたかった。駆《か》け戻《もど》ってもう一度さっきの席につき、そのままあそこに居ついてしまえれば、どのくらい楽だろうか——と、とんでもないことを思ってしまった。

舞の足はそれでもひとりでのようにふわりふわりと動いて舞を運んでいる。

ころころころ……。

軽くて小さな音がして——見ると、竹刀《しない》がころがってきていた。舞は飼犬《かいいぬ》でも見る目になって竹刀を眺《なが》めた。

竹刀はそれこそ犬のように、舞の足許《あしもと》までくると、ぴたりと止まった。

(見つからないうちに拾いあげなくっちゃあ……)

舞がかがみこんで竹刀に手をかけたとたんに、路上から舞の姿《すがた》がかき消すように見えなくなった。自分が溶《と》けていくのに気づかずに、舞は、も一度ふりむいて板前さんの姿をとらえようとした。


けれどそのとき舞が見たものは、「まい」の行灯《あんどん》ではなく、わが家の灯《あか》りであった。

—まっ!

舞はまた「まっ!」と叫んでしまっていた。

—舞さま!

あわただしい声がして、新吉がとび出してきた。

—ただいま戻りました。

舞はふつうの声で挨拶《あいさつ》し、これお土産《みやげ》です——と、風呂敷包《ふろしきづつ》みを差出していた——つもりなのに、手には何もなかった。

—なんでしょうか。

—ハモノオトシ……。

—は？

新吉は世にも不思議なものの名を耳にしたような声を出した。

その声で舞は、自分があそこから戻《もど》れたものの、手には何もないことに気づいていた。

（ま、おじいさまったらもう……せっかくあんなおいしいものをお土産に持ち帰ろうと思ったのにィ、そのために一品だけいただいただけで、あちらから戻ってきたのにィ……）

舞は仏壇《ぶつだん》の位牌《いはい》になっているおじいさまのことを思い浮《う》かべながら口をとがらせていた。

—どこへお出かけでした？

新吉の声が急に耳許《みみもと》ではっきりと聞こえた。

—あ、ちょっとそこまで……。

—は？

—ムロマチよ。

—えっ？

新吉は、舞のうしろに何か怖《こわ》いものでもついてきているかのように、舞の手を引いて門をくぐらせた。

—詳《くわ》しいことは、また明日《あした》にでもお聞かせください。今夜はもう遅《おそ》うございますので……。

新吉は、舞の背《せ》を押《お》さんばかりにして家に入れた。

そのとき家の門のすぐ横に、あの竹刀《しない》がたてかけるように置かれていたのに、二人とも気づかなかった。

舞が不意に正気に返ったように家にあがり、入れ替《か》わりに新吉が門を出ると、竹刀《しない》はくたびれてため息をつくかのようにゆっくりと一回転し、はたりと倒《たお》れた。

新吉は、帰る道々も胸《むね》のざわざわをおさえられなかった。舞が仏間から消え、また戻《もど》ってきたところを目の当たりにしては、さすがに落着かなかった。が、とにもかくにも舞がほんの一時《いっとき》で無事に戻ったことには、ほっとしていた。

(のんびり屋の奥方さまには申上げられねえが、店の近くじゃ物騒《ぶっそう》な物取りも出たってことだしな)

(ほんとにご隠居《いんきょ》さまのいたずらか何か知らねえが、これからは竹刀のやつにも気をくばらねえとな……)

第三章・板前姿のおじいさま

1

夢《ゆめ》うつつのあいだに二つ、小さな咳《しわぶき》が聞こえた気がして、舞《まい》はうっすらと目をあけた。まだ夜明け前の仄暗《ほのぐら》さが部屋を包んでいるせいか、またひとりでにまぶたが重くなる。とろとろし始めると、また一つ、咳《しわぶき》の音がはっきり響《ひび》いた。聞き覚えのある音で、おしまいの「ン」が尾を引くのである。

(おじいさまの……)

と思ったところで、はっきり目覚めていた。そして、まさか——と思った。

(おじいさまなら仏間《ぶつま》にいらっしゃるもの……)

けれど、今の音は夢の中のものではなかった。少なくともおしまいのンは、この世のものだった……と思い、起き上がっていた。そっと仏間に入って大きな仏壇《ぶつだん》の前に座《すわ》った。すると中から小さくコホンンンと咳《しわぶき》が一つくぐもって聞こえた。

（まちがいなし。あれはおじいさまのものよ……）

仏壇を押《お》し開き、耳をそばだてて次の音を待った。

仏壇は、それきりしずまりかえっている。

（でも今のが空耳であるはずがない）

しゃんと正座《せいざ》した舞は膝《ひざ》の上のこぶしを握《にぎ》り直す。おじいさまとむかい合って座っているつもりでいる。咳《せき》が出ないのなら、なんとかおっしゃって……という気もちになっている。

背後《はいご》に足音がして朝の早い母親が立っていた。

—おや、早くから仏壇の前に座ったりして、何か相談事でもあるのですか？

昔からおじいさまを相談相手にしていた舞のことをよく知っていての、半《なか》ばからかい気味の言葉だった。

——いたずらというより、何かの合図《あいず》だったのかも、おじいさまからの……。

と、舞は口をにごす。

いたずら好《ず》きのおじいさまだから何かなさるかも——と言っていたくせに、母親は驚《おどろ》いた顔になり、

——ど、どんな合図？

——コホンンン……という咳《せき》なのよ。

——まさか。お位牌《いはい》が咳をするというの？

——おじいさまなら何かやりかねないっておっしゃったのはどなたでしたっけ。

——空耳ですよ。

母親は強く打ち消した。

——なら、いいけど……。でもあのンンは、ね。

舞は、ねばった。

母親があわてて仏間から出ていき、お供《そな》えものの支度《したく》を始めたようすに、舞は思わ

ずくすんと笑《わら》ってしまった。やっぱり空耳だったのかな。

位牌《いはい》は、もう知らんぷりというふうに、ことりとも動かない。ひっそりと舞とむき合っているばかり。

—今朝《けさ》は新吉《しんきち》さんの仕入れにつき合う日だから、出かけます。

舞は仏壇《ぶつだん》の内と外の二人に言うと、とび出していった。

（こちらの忙《いそが》しいこともご存知《ぞんじ》のくせに、からかったりして……）

つんつんした目で、誰《だれ》もいない朝の道を見はるかしながら、足早に道を急いだ。

すると、そんな舞の気忙《きぜわ》しい動きを止めるように耳許《みみもと》で、のんびりした声がした。

—ここがほーれ、寺町通りとあるから、ここから数えて西にひい、ふう、みぃ、よの、その次の通りが堺町《さかいまち》よの……。

（どこが寺町通りなものですか。そんな通りなんて知りませんもの……）

すねた顔でそう思い、耳許の声を払《はら》いのけるように舞は首をふり、ついでみたいに空を見上げて、どきんとした。

頭上には見たこともない木枠《きわく》がかかっていて、そこにはたしかに「寺町通り」という文字が読めるではないか。そしてその枠を支えて柱が道の両側に並《なら》んでいる。

(ここはいったい、どこ?)

見渡《みわた》すと、その銀色の柱はずっとむこうまで続いていて、道だっていつもの土のじゃなくて、何かでかためられたように黒くて平べったいではないか。

(ここはいったい、どこ!)

も一度自分に問いかけながら、さっきの声を思いおこしていた。

(ここから数えて西にひい、ふう、みィ……)

西というんだから、朝日を背《せ》に歩けばいいんだ——と思い、そうしてみた。

人通りはまだないが、そこでやっと気づくと、道の両側の家の造りがちがう。だいいち、こんなに建てこんではいないはず……。

(うちの町じゃないんだ)

とようやくわかり、ならばあのときと同じ京の町? まさかのまさかだけど、どこやら似ている気がする。

(そういえば、さっきのおじいさまの声は、五つめが堺町《さかいまち》という通りだって、まるでご存知《ぞんじ》のところみたいにおっしゃってた……)

けれど舞は堺町通りなんて知らないし、そこへいけば何があるのかも見当がつかない。

つかないままに、こうなっては——と、その五つめの通りを目指して小走りになっていた。

(もしかしたらおじいさまが先回りしていってたってことも……)

あるわけがないと思いながらも急いだ。

それにつれて、舞のまわりから朝の光が薄《うす》れ、薄闇《うすやみ》がひろがり始めていた。その薄闇のむこうのぼんやりした灯《あか》りが、まさにあの店の美しくて大ぶりな表札《ひょうさつ》を照らし出している。けれど筆太《ふでぶと》に書かれた文字までは読みとれなかった。これまでは気づかないでいたものだ。

お店の名もたしかめたかったが、今の舞には、ここにおじいさまが来てらっしゃるかどうかをたしかめるほうが先だった。ごめん下さいの声と一緒《いっしょ》にお店にすべりこんでいた。

2

いらっしゃいませ、の声に背中《せなか》を押《お》されるようにして奥《おく》へ進むのも、付け台の席へ案内されるのも、前のときと同じだった。

(あのときの続きみたい……)

と舞《まい》は思い、けれど座《すわ》らされたのはいちばん奥の席だった。

付け台ごしに角火鉢《かくひばち》のようなものが置かれ、何か魚が焼かれているのが見える。それが鰆《さわら》の切り身であるとは、舞にもあてがつけられた。炭火の赤い暖《あたた》かさがゆんわり

とあたりにひろがっていて、舞はふっと、

（うちの町のどこかのお店かしらん）

と思いたがっていた。

そのうしろは板前さんの出入口で、入口のほうの壁《かべ》にあったものと対《つい》になっているのだとわかった。

（やっぱりあのお店だ……）

奥《おく》までに九席しかないが、一席ずつがゆったりと取ってあるので、付け台がずいぶん長かったのだ。

（でもここなら、左手の席にお客が並《なら》んでも落着ける……）

そう思うと気もちが楽になった。少しばかり不思議なことがあっても大丈夫《だいじょうぶ》……。

あの夜の続きだとしても、やっていけそう……。

そのとき、前ののれんの奥から板前さんがひょいとあらわれた。差出された茶碗《ちゃわん》のお茶に、つくしの頭が二つ入っている。

（ま、春なのね……）

と思いながら、のれんに入ろうとする板前さんに目をやり、あっと声をたてそうになった口を押《お》さえつけていた。のれんにかくれようとした横顔は、なんと、おじいさまのものではないか。

おじいさまはそのまま、のれんの奥に消えた。それと入れちがいのように、入口のほうからあのときの板前さんがこちらにむかってくるのが目に入った。

―先だっては中途半端《ちゅうとはんぱ》なおもてなしで失礼いたしました。今夜はあの続きではなく、改めて一から召《め》しあがっていただきます。

（失礼したのは勝手に立ってしまったこちらのほうなのに……）

舞は恐縮《きょうしゅく》して身を縮《ちぢ》めた。

そこへまた、前ののれんからグラスを持った若《わか》い板前さんがあらわれ、

―この前のお詫《わ》びに差上げるようにとのことで、お持ちしました。

かたくなって言った。あの板前さんは横で、

——味と香《かお》りが揃《そろ》った葡萄酒《ぶどうしゅ》なので、どうぞ。

と言う。

（ブドーシュ?）

初めて聞くが、その飲物（らしいもの）のことだろうし、味と香りというから、とりあえず香りのほうからと顔を近づけてみた。

（花の香りがする。どうして?）

——葡萄《ぶどう》より薔薇《ばら》の香りがしますでしょう?

と言われても、そのどちらも舞には見当のつかない香りだった。しかし、酒ならいけるくちの舞だったから、グラスに唇《くちびる》をつけて、つつと飲んでみた。

（初めてのお味。けれど、いいお味……）

としかわからない。それでもよいと思った。

そのとき、左かたのほうに三人ばかり、着物姿《すがた》の女性が腰《こし》をおろし、板前さんはすっとそちらへ挨拶《あいさつ》に移っていった。

それを待っていたかのように舞の前ののれんがゆれ、おじいさまが澄《す》まして最初の一品《ひとしな》を持って出てきた。白い帽子《ぼうし》のようなものをかぶっているから髷《まげ》はかくれている。おじいさまは焦《こ》げている鰆《さわら》の身を、ついと、灰《はい》の中に落とした。

（さすがぁ。気がきくゥ……）

と舞は思い、それでも黙《だま》って眺《なが》めているしかなかった。おじいさまが運んできてくれた最初の一品は、一目でわかる極上《ごくじょう》のあわびの刺身《さしみ》で、たとえ夢《ゆめ》の中だったとしても口に入れたいものだった。

それを、ちとがまんして、おじいさまったら、ここで何をなさっておいでです！

——と訊きたかった。それもむこうの板前さんの耳を気にして口にはできない。そんな舞なのに、口じゅうにつばきが湧《わ》いてくるのがおかしかった。食べるどころではないのに、体のほうが勝手に動いている感じ。

するとおじいさまも同じらしく、舞にだけ聞こえるような低声《こごえ》の早口で、

——わしもそちらに座《すわ》りたい。

と言った。

かわってあげることなどできず、それならいっそ——と、舞はあわびに箸《はし》をつけてやった。

おじいさまが、その箸の先をじいっと見ていなさる——のを承知しながら、舞はえいえいおうーという気もちで、口の中でしこしこするあわびをいただいていた。

入口のほうの三人と板前さんのようすを見やりながら、舞はいきなり低声《こごえ》で訊《き》いた。

—どうしてこんないいお店をご存知《ぞんじ》なの?

—あ? いやぁ、それはそのう、ものの本で知った。何しろ、わしの今おるのはひまをもてあます所じゃでのう。

おじいさまの言う「所」とは、どうやらあちらのことらしいと舞は察し、くすりと笑《わら》ってしまった。

こちらにおられたときのおじいさまときたら、お城勤《しろづと》めのときはお勤め一筋《ひとすじ》。早ばやと隠居《いんきょ》されたあとも何かと仲間にかかわりを持つ日が続いたが、舞と小料理屋をや

られるようになってからは、それはもう料理一筋《ひとすじ》。だからもう、おひまなどはなかったものだ。

それにしても、どのような「ものの本」かしらん？——の目になっている舞を見ると、おじいさまは話を続けた。

—ま、なんというても京の都じゃでのう、今もやたらと京のことを書いた本があるのよ。

（今も——の今というのは、このお店がある今のこと？　あの町から遠く離《はな》れて、ここにいる今ということ？）

その不思議に、舞は目まいがした。にわかに蒼《あお》ざめた舞を見て、おじいさまは水を——と、のれんのむこうに消えた。

そんな二人のようすを目ざとく見つけたあの板前さんが、足早にこちらへ来るのが、舞の目の端《はし》に入った。舞の前に立った板前さんが、

—先ほどの者が何か失礼なことでも申上げましたのでは？

と低声《こごえ》で訊《き》いてくれた。

舞はあわてて首をふり、

―いえ、なに、わたしのほうが、こんなに新しいあわび、海に遠い京のどこでとれるものかと訊いて困《こま》らせておりました。

と答えた。

―困ることなどないはずで……。

と言いかけて、板前さんは、ついとのれんの奥《おく》に入った。

舞はどきどきした。もしおじいさまだとわかればどうなることか。見も知らぬおじいさまのことを知ってたまげるのは板前さんのほうだ。

(それに下手《へた》をするとわたしのこともわかってしまう……)

舞はあわてた。これはもう厠《かわや》にいくふりをしてでもこの店から出なくては……。

ついと立ち、素早《すばや》く入口近くへ移って、店の若《わか》い女に「厠《かわや》はどちら?」と訊《き》いていた。お客におとしの方の多い店のこと、「厠」が通じて案内され、舞はとりあえず厠に入った。明るすぎ白っぽすぎて、目がちかちかした。さてどうしよう——と身もだえするような気もちになって立ちすくんでいると、

—目をつむって歩きだすとよい……。

という声が、耳許《みみもと》で聞こえた。

言われたとおりにしてみた。そうするしかなかった。白くて固そうな壁《かべ》にぶつかる——と覚悟《かくご》していたのに、舞の体はつつつぅ……と壁を通り抜《ぬ》け、気がつくと夜の町に立っていた。

—どうやらわしが小細工したもので、しくじったようだな。

いつもの声でおじいさまが言う。

—気がせいて、つい一足先にあそこの店に入ったところが、髷《まげ》が気になりよった。髷つきの客などはおらん。そこであの白いかぶりものを見て、板場に入った。後姿《うしろすがた》からじゃと、誰《だれ》の目にも料理人に見えようでな。あの壁の奥《おく》で舞が来るのを待ってお

った……。

——ま。おじいさまらしくもない。

舞はおかしさを噛《か》み殺して言った。

——京のご隠居《いんきょ》のふりをなさって、さっさと入られたら良かったのに。

——じゃが髷《まげ》が……。

——髷など手早くほどいてなでつけられればわかりませんのに。

——そんなものかな。

——そんなものです。

一人前の口をききながら二人で夜の道を歩き続け、次の曲り角を曲ると——誰《だれ》かが立っているのが目に入った。その誰かが駆《か》けだした。舞にはその走りようで、それが新吉《しんきち》さんだとわかった。

——お連れさまは?

と、新吉が訊《き》いた。

―だあれも……。

と、舞は知らんぷりをきめこんだ。

はて？　と新吉は小首をかしげたが、

―お帰りなさいまし。

といつもの声になって挨拶《あいさつ》していた。

3

―お帰り。早かったこと。

玄関《げんかん》で迎《むか》えた母親にそう言われて、舞《まい》はまた小さく目まいがした。

（お帰りですって？　早かった、ですって？）

ほんの束《つか》の間《ま》こめかみを押《お》さえていた指をはなすと、朝の光がゆったりとひろがっている。

――魚はいつものように店へ入れておきました。野菜のほうはもう金五が洗《あら》いにかかっております。

新吉《しんきち》の声がする。

いつもなら家へ戻《もど》るのはわたし一人なのに――舞は思う。新吉さんは仕入れたものと一緒《いっしょ》にお店へ戻り、こちらへはわたし一人なのに……。

(で、今朝《けさ》は何と何とを仕入れたのだった?)

舞には何一つ思い浮《う》かばない。

(忘《わす》れてしまった?)

そんなわけがなかった。

(それでは河岸《かし》へはいかなかったのかしらん?)

新吉が入ってきて低声《こごえ》で言った。

――今朝はお見えにならなかったもので、こちらへ伺《うかが》いましてそれとなくお訊《き》きしやしたら、仕入れと言ってお出かけなさったとか。

――……。
舞は、あいまいにうなずくしかなかった。
新吉は舞の顔から何か読みとった目つきになり、
――奥方《おくがた》さまには市場でお会いしたと申上げてございます。
と言った。
――それではまたのちほど……。
そして新吉は足早に出ていった。

（いったいどんなふうに時は流れているのか？）
舞はとにかく家にあがり、仏間に入った。
ジジジ……ジ……。
小さな音がして蝋燭《ろうそく》の火が消えた。
（蝋燭一本が燃えつきるあいだだったたっていうわけ？）

舞は蝋燭《ろうそく》の奥《おく》に立つおじいさまの位牌《いはい》に目をやった。位牌がほんの少しだけ右っちょにゆがんで立っている。

(おじいさま、きっと大急ぎであそこへ戻《もど》られたから、つまずかれたのかも、ね)

そう思うと、ようやく笑《わら》いの浮《う》かぶゆとりが戻った。

くすんと笑いながら、位牌をちゃんと戻して差上げた。何しろ束《つか》の間《ま》の夢《ゆめ》のような出来事だったとはいえ、あそこではいろいろとおいしいものをいただいてきたのだ。

どうやらおじいさまの差し金で、あそこへ送りこまれたものらしい。夢をみていたのかもしれない。ただ、夢にしては口の中に残るお味が、あまりにも生なましい。それもそれまで知らなかった「おいしさ」ばかりだった。初めていただいたものもいくつもあった。上手《じょうず》に煮炊《にた》きされているせいもあって、元のかたちがわからないものもあった。けれど、その名や料理の呼《よ》び方も教わったものもあった。

(それはそのう、わしがものの本で読んで見たり知ったりしたことよのう)

と、おじいさまが言いたそうな気がした。

（でもこんなことって……）

（どんなことでもおこるのがこの世のならいよ……）

舞の頭の奥《おく》で、おじいさまの声がおかし気につぶやくのが聞こえた。

（そうしておきましょ）

おじいさまをたててそう思うことにした。

そこでいきなり、一人の若者《わかもの》の名を思いだしていた。

（大木新太郎《しんたろう》さま……）

長いこと思い浮《う》かべないようにしていた名だった。

（江戸詰《えどづめ》のお役目のあと、いずれはおじいさまにつきたい——と申されておられた……）

どうも言葉までが昔に戻《もど》ってしまう。それもいやで、思い浮かべぬように——と努めてきた名なのだ。

（そしてその肝心《かんじん》の、つきたいおじいさまが亡《な》くなってしまわれた）

江戸でのお話も、新太郎さまのお気もちの移りかわりも、何も聞かないままにすぎてしまった。

（まったく、どんなことでもおこるのがこの世のならい……）

何もおこらないのも、また、この世のならいなのですか——と、切口上でさっきのおじいさまに訊《き》いてみたい気もちが、またいきなり湧《わ》いてきた。

（あれからいったいどれくらい月日がすぎていったことかしら……？）

日々の忙《いそが》しさにかまけて消してきていたいろいろなもの——が、舞の体の裡《うち》からゆるゆると立ち上がってくるのがわかる。

（どんなことでもおこるのがこの世のならい——などとおっしゃるのでしたら、おじいさま……）

舞は、仏壇《ぶつだん》の奥に静かに立っている位牌《いはい》にそっと呼《よ》びかけていた。

（あ、あ、あんなことがおできになるものなら、わたしと同じように新太郎さまのことをここへ送りこんで下さることもおできでしょう——か）

けれどある朝突然《とつぜん》に大木新太郎さまが、わが家の玄関《げんかん》に立っておられたら——どうすればよいの？

（それともわたしを、京へ送りこまれたようにどうして江戸に送りこまれなかったのでしょうか？）

舞が背筋《せすじ》をのばして仏壇《ぶつだん》の前で座《すわ》り直していた。

コ・ホ・ン・ン・ン……。

小さな咳払《せきばら》いが位牌《いはい》のあたりでした。

おじいさまがつぶやいたが、それは舞には聞こえなかった。

（一言《ひとこと》多すぎたか……）

（しかしそのことは、わしもずうっと気にかけておったのよ）

それも言葉にしなかったから舞には届《とど》かなかった。

（ふう。もてあましておった「ひま」を埋《う》めるに充分なことになりそうよの……）

しかし、これもおじいさまは言葉にしなかった。言ってしまえばたのしみがへるでの……。

舞は、一つ大きく呼吸《こきゅう》した。自分の裡《うち》でかたまっていたものが、ゆらりゆらりと溶《と》け始めるのがわかった。

（これはもうわたしの仕事――いえ、わたしの分別《ふんべつ》で始められること……）

気もちを静めようと、舞は線香《せんこう》一本だけに火をつけ、灰《はい》の中にそっと立てていた。

第四章・新太郎帰る

1

ある朝突然《とつぜん》に――大木新太郎《おおきしんたろう》が「まい」の店の前に立っていた。まことに懐《なつ》かし気《げ》な目になって、ゆるゆるとなぞるように店を眺《なが》めまわしている。朝の光がまぶしいので、目を細めているものの。

初めて父上のお供《とも》をしてここに来てから、どれくらいの月日がすぎたことか――といった、遠くを見るような目になった前で、店全体が朝の光の中に溶《と》けていくような感じがある。

（あのときは何故《なぜ》か父上はここに入りそびれておられた。だからついてきたわけだったのだが、そのせいか、同じくらいの背丈《せたけ》ののれんなのに、のれんに見下ろされている気がしていた。やはり気おくれしていたものだったか）

そこを断《た》ち切りたくて、新太郎はそんなのれんなどかいくぐり、さっさと入ってしまいたかったのだ。

実はその一方では、

（もしかするとこの店には、あの少女がいるやもしれぬ……）

と思っていたからということもあった。

新太郎が誰《だれ》にも知られておらぬ——と思っていた「裏山《うらやま》の稽古場《けいこば》」に、あの少女は、不意にあらわれた。山菜を摘《つ》みに山に入っていたと言う少女は、まいと名乗った。それがここ——父親がいきたがっている小料理屋と同じ名前だと知ると、もしや——と期待した。

（まいがいるから——「まい」やもしれぬ）

その夜、のれんの前に立ちながらまだ入りしぶる父親が「どうしてか」を打ち明けようとしたとき、「大木さま……ではございませんか……」と、細いがよく通る声が呼《よ》びかけた。

新太郎《しんたろう》も山で大木だと名乗っていたから、自分のことだと思ってふりむくと、まさにあの少女まいが立っていた。

山で出会ったときよりよほど大人びて見えたので、新太郎には少しばかりまぶしかった。

（着ているもののせいだぞ……）

と、強がって思いながらも、ついかしこまってしまい、「ま・い……どの……」と、「どの」つきで返事していた。

まいは、舞《まい》という、ちょいと大人びた顔になって、二人を招《しょう》じ入れた。

（あれが始まりだったよな……）

あい

と、今の大木新太郎《おおきしんたろう》は小さくうなずき、踵《くびす》を返すと「まい」をあとにした。

(のれんの出るころに来て、のれんのやつと背比《せいくら》べをして確かめてみんとな……)

おかしくも気負った思いで、この町の入口にある美しい小橋まで戻《もど》ってきていた。

そして、

(あそこからここまでは、こんなにも近かったのか)

と、小さく驚《おどろ》いていた。やはり自分はあのとき幼《おさな》かったのだ……。

(自分では、もう一人前だと思うて父上のお供《とも》をしたのであったが、何せあのような大人の遊び場所は初めてだったものでなあ……。気圧《けお》されて、足が少しばかりすくんでおったものだったか……)

ふふ……と笑《わら》って小橋を渡《わた》ると、あのころ通っていた早坂道場にむかっていた。

＊

新太郎が道場についたころ、新吉《しんきち》と舞が「まい」に戻《もど》ってきていた。河岸《かし》に出かけて今日の仕込みを終えてのことで、舞はそのまま表までいって内から戸をあけた。

すると、朝の大気の中に何やら懐《なつ》かしい気配《けはい》がかすかにただよっているのに、舞はどきりとした。懐かしくて嬉《うれ》しくなるような気配。もしかしたら――と思い、その「もしかしたら」が良い知らせでありますようにと、今度は家に戻《もど》って仏間《ぶつま》に入り、おじいさまの位牌《いはい》とむかい合った。

線香《せんこう》を二本立て、手を合わせてから、おじいさまに小さく呼《よ》びかけていた。

―さきのは新太郎さまの気配でございましょうか?

返事、なし。

―とにもかくにも江戸《えど》からご無事でお戻りでございましょうか。それとももしや

……?

今度は少し不安げな声になった。

―あ、いや……。

仏壇《ぶつだん》の奥《おく》で口ごもるおじいさまの低声《こごえ》がたちのぼる。

―江戸《むこう》ではいろいろとあったようじゃが……。

（おじいさまがもう一つの「むこう」へおいきなればこそ、そのようなこともご存知《ぞんじ》なのでございましょう？）

と文句を言いたいところを、舞はのみこんだ。

（いろいろなことがあったと言われるのは、とにかくお戻《もど》りになったということだ。そこを切り抜《ぬ》けてこられたからのことだ）

と、少しばかり嬉《うれ》しかったからだった。

舞の脳裏《のうり》に、新太郎《しんたろう》と最後に会ったときのことが浮《う》かんだ。

新太郎は金魚の入った金魚玉を持ってやってきた。そして、それを舞があの稽古場《けいこば》の木の枝《えだ》にどのようにぶらさげたのかをたずねた。

そのとき舞は、金魚玉を自分の顔の前につんとぶらさげてみせた。それで舞の姿《すがた》がついと消えてしまい、あわてた新太郎がどう動こうと、舞は風のようにその動きに応じた。それが新太郎をまいらせて――しまった。

（あのときの金魚玉は、次の夏場までと、大事にしまったものだった……）

それもほかならぬ目の前の仏壇《ぶつだん》の下の小押入《こおしい》れに、だ。新太郎さまが江戸詰《えどづめ》になられてからは出したことがない——のを、舞は思いおこしていた。

風もないのに線香《せんこう》の煙《けむり》がたなびいてきて舞の鼻先にちっちゃな渦《うず》をつくった。そのおじいさまからの合図に、舞は思い出からとび出していた。

（何かございました？）

きりりと位牌《いはい》を見つめると、声がした。

—あれは、自分でここに戻《もど》ってきたまでのことよ。それに、送りこむちゅうてもあの姿じゃあ、京のあそこにはちいとのう……。

—そのような無理は申しません。新太郎さまが無事にお戻り、だけでも嬉しゅうございます。あちらのほうには、しばらくお一人でお出かけ下さいまし。

位牌が何か言いたそうな気配がしたとき、

——……お早いおまいりですこと……。

いつのまにか舞のうしろに母親が立っていた。

—しばらくぶりの珍《めずら》しいお客様がおみえではないか——と、おじいさまと話しておりましたとこ。

舞は澄《す》まして、しかし正直なところを口にした。

—ははあ、大木さまご一家あたりのこと？

母親の勘《かん》の鋭《するど》さに、位牌《いはい》が驚《おどろ》いたように動いた。くしゃみかしら……、舞は笑《わら》いたいところをなんとかおさえた。それから仏壇《ぶつだん》のほうは母親に任せることにして、立って竹刀《しない》を取りにいき、そいつを握《にぎ》りしめると、また表に出た。

このあたりはまだ誰《だれ》も通りかからない。

舞はしばらくぶりに竹刀を両手で握りしめると、それで空《くう》に大きく文字を描《か》いた。

「魚」という字。

すると、あの金魚玉にあのとき泳いでいた赤と黒の金魚が戻《もど》ってきて、いきいきと泳ぎ始めるのが見えた。そしてそのむこうに、あのときの、目を見張って少し驚いた顔つきの大木新太郎《しんたろう》――さまのお顔がうっすらと浮《う》かんできた。

――失礼いたしました。

目の前の朝の大気に挨拶《あいさつ》すると、舞は竹刀をおさめた。ほんとにしばらくぶりに大きくふるってみた竹刀のしないぶりが腕《うで》にここちよかった。

舞は「まい」に舞《ま》い戻《もど》ると、

（さあ、夜の支度《したく》支度……）

ここの女将《おかみ》、舞の顔に戻って店に入っていった。

2

道場主の師範《しはん》は今では隠居《いんきょ》の身で、道場は酒井《さかい》様に任されていた。元師範代《もとしはんだい》の酒井様は、新太郎《しんたろう》が訪《たず》ねてきたのを喜んで一手合せして下さった。どちらも腕《うで》をあげていたから勝負はつかず、道場にいる若《わか》い者にとっては何やら模範《もはん》試合集――のようになってしまった。

竹刀《しない》をおさめると酒井《さかい》様は、

――お江戸《えど》で腕《うで》をあげられましたな。

と言って下さったが、いいえ、とてもあげるところまでは――と、新太郎《しんたろう》はかしこまって一礼した。

内心では、舞にこそ手合せしてもらい、あの金魚玉隠《かく》れの術を破れないことには一歩も前に進んでいない――と思っていた。それでつい、

――茶屋町の「まい」においでになることはございましょうか。

と、たずねていた。

――道場主《せんせい》をお連れすることがようあってな……。

酒井様は少し言いよどみ、小さく咳払《せきばら》いしてから続けた。

――あそこのご隠居《いんきょ》が亡《の》うなられたあとも、よう繁昌《はんじょう》しておりますな。

ごくん――と、新太郎ののどが鳴った。

(ご隠居が亡うなられた――やはり本当であったのか……)

自分が江戸にいた時間が急に大きくふくれあがる気がした。

(ならば舞どのも、もうずいぶんと大人になられた……ものか……)

新太郎の頭の中で赤い金魚が鯉《こい》にかわって、すーいと泳ぐのが見えた。

しかしその真紅《しんく》に輝《かがや》くような鯉が、そのままつーいつーいと泳ぎ去っていくような気がして、新太郎は小さく咳《せ》きこんだ。茶を一口ふくみ、胸《むね》をとんと打ったつもりになったあと、

―あそこの舞どのもかわりのうやっておられまするか。

と、訊《き》いていた。

酒井様は小さくうなずくと、

―新しい板前の腕《うで》も良うてな。

と、新太郎には少し気になることを言った。それはもう、ご隠居の代りに誰《だれ》かを入

れるのは当然のこと。しかし、もしやその板前どのと……。

新太郎《しんたろう》は胸《むね》の中で板前に「どの」をつけ、どこやら舞と結びつけていた。

—今夜あたり、いかがかな。

酒井《さかい》様の誘《さそ》いに、新太郎はどきどきしながらも、喜んでお供《とも》することにした。

道場主《せんせい》と三人して、またあの小橋を渡《わた》ることになった。懐《なつ》かしい色の灯《あか》りが、新太郎の目にとびこんだ。あのころとかわることのない「まい」の灯りだった。

その灯りが照らし出すそらまめ色ののれんは、新太郎が思っていたよりも小ぶりに見えた。酒井様はのれんをやわらかに分けて入られ、道場主が続き、新太郎がしんがりをつとめた。

—お三人さまァ。

気合いの入った声がして、それはまぎれもなくあの舞のものだった。新太郎は小さく武者《むしゃ》ぶるいし、そんな自分がおかしくて笑《わら》いそうになった。誰《だれ》が、小料理屋に入る

のに武者ぶるいをするものか。けれどそれは昔の自分をふるい落とすためだったぞ

――と、笑いの中に溶《と》かしこんでいた。

それでも顔を戻《もど》すと、まっすぐに見つめる舞と目が合った。すると新太郎は、初めてきたときと同じように、

――ま・い……どの……。

と、声をあげていた。

舞が小さくふきだしてから、お達者《たっしゃ》でよろしゅうございましたと挨拶《あいさつ》し、新太郎もそちらも……と小さく返していた。

(美しゅうなられた……)

と思ったが、それは口に出すのをおさえた。なのに、そいつをのみこむので思わず小さくのどを鳴らしてしまった。

新太郎が父親母親と三人揃《そろ》ってここに来たときと同じ目同じ声で、舞は三人をそのときの小部屋に案内してくれた。それから、足早に板場に消えていく舞の後姿《うしろすがた》を追

って、新太郎《しんたろう》は小さく安堵《あんど》の吐息《といき》をついた。

（後姿《うしろすがた》は、あのころと少しもかわりないではないか……）

お江戸《えど》で目にした、ある日突然《とつぜん》花咲《さ》くように美しゅうなられる女性方の姿が胸《むね》に残っていたせいい、それと、のれんをくぐるとき久しぶりに見た舞の目のせいの気の迷《まよ》いだぞ——と無理に自分に言い聞かせていた。

その一方、今の後姿にすきひとつなかったのを思いおこし、

（あれでは剣《けん》のほうはまだ少しもおとろえてはおられぬな……）

とも、うなずいていた。

付き出しはお運びの娘《こ》が持ってきた。熱燗《あつかん》も別の若《わか》い娘《こ》で、舞は出てこないままに三人は始めていた。新太郎も江戸詰《えどづめ》の何年かのおかげか、あのときとちがってすっかり一人前の口がきけ、食べっぷり飲みっぷりももう酒井《さかい》様と対《たい》になっていた。酒井様はときたま「師範代《しはんだい》」のころの目に戻《もど》って新太郎のことを打ち眺《なが》め、

——いや、お江戸は人を早う育てまするなぁ。

と嬉《うれ》し気《げ》だった。

何をおっしゃいます、あちらではずっとお屋敷《やしき》にくすぶっておりました――と、新太郎は本当のことを言ったのに、二人は何の何の――と弟子《でし》が若鳥から成鳥になったことを喜んでくれた。

舞は、新吉《しんきち》を伴《ともな》ってやってきた。新吉は目張《めばる》の醤油《しょうゆ》干しを香《こう》ばしく焼いたのを大皿に盛《も》ってきており、舞はしんとした絵蓋物《えふたもの》に入れた鰊《にしん》味噌《みそ》を持っていた。

―これはこれは。これだけあれば一升《いっしょう》でもいただけますな。

道場主《せんせい》が嬉しそうに声をあげ、舞は小さくうなずいてから傍《かたわ》らの新吉を紹介《しょうかい》した。

―こちら、祖父の師匠《ししょう》の七蔵《しちぞう》さんと祖父の二人のお墨《すみ》付きの料理人で、新吉でございます。こちらのおかげでわたしの出番がどんどんなくなってしまって……。

舞は、そんな紹介の仕方をした。

(とんでもございません)

新吉は声には出さず唇《くちびる》だけ動かしてそう言った。それからきりりとした声で、

―舞さまは、あちこちで新しい料理を、いや、手前どものようにこのご城下《じょうか》にこもりっきりの板前とは大ちがいのものを次々に工夫されますので、頼《たよ》りにさせていただいております。

と言った。

舞の目が一瞬《いっしゅん》、宙《ちゅう》に泳いだのを、新太郎《しんたろう》は見逃《みのが》さなかった。そのとき舞は、京のあの店でいただいたものを思い浮《う》かべていたのである。

―それはまたよほど珍《めずら》しいものとみえますな。

酒井《さかい》様が新太郎のかわりに言ってくれた。

―いえいえ、それは夢《ゆめ》の夢。祖父があちらで目を覚まし、一口やりたいのう……と言ってくれるようなものを工夫しようと、頭をひねっているばかりで……。

―夢の夢でも食べられるものなら、ぜひともいただきたい……。

と、これは新太郎が本心から口にした。江戸《えど》で初めて口にしたものと比べてみたい――と思ったのである。

舞の目が、ついと戻《もど》って大皿の目張《めばる》を見た。

—まずは、こちらをお召《め》しあがり下さいまして、新吉の腕《うで》のほどをお試《ため》し下さいまし。

新太郎が箸《はし》をのばした。

食べて何か言えば、舞か新吉が何か答えよう、そしたらふたりの「仲」もおしはかることもできようかも……。新太郎は目張を一口やって、そこは見抜《みぬ》けぬまま、思わず小さく声をあげていた。いやもう、うまかったのである。

—天日干《てんぴぼ》しのおかげで、旨味《うまみ》が凝《こ》り集まりますもので……。

新吉が言って、ひょいと頭をかいた。

—実のところ、これは女房《にょうぼ》が里《さと》で食べておりましたものに、工夫を加えましたもので。

—なるほど、それは結構《けっこう》。おおいに結構なお味です。

新太郎は金魚玉を泳ぎまわる金魚のように嬉《うれ》し気《げ》な目になった。女房《にょうぼ》どののなあ……、いや、結構《けっこう》。まことに結構でござる。

―では、ごゆるりと……。

で、二人はさがっていった。

3

―では、ごゆるりと……。

板前さんがカウンターの奥《おく》のはしに座《すわ》った老人に声をかけ、鰊《にしん》の山椒漬《さんしょづ》けの皿をちょいと前に押《お》した。鰊の下に敷《し》かれたたっぷりの木の芽の香《かお》りがおじいさまの鼻をくすぐった。

―……こいつはいけるの。ちゃあんと味おうて、また舞に教えてやらにゃあな……。

小さくひとりごちながら、盃《さかずき》をあけては鰊《にしん》に箸《はし》をつける。

(それにしても、このように鰊の干《ほ》したものは、うちの町で手に入れられようかの……）

（なんでも京は身欠《みが》き鰊《にしん》をうまくもどした料理がうまい——と、あのものの本にはあったが……）

（鰊はうろこも脂《あぶら》も小骨《こぼね》もうまいものじゃが、そこをどう料理するか——かいの……）

なにせ一人だから、自問自答するしかない。

京の老人を気取った服装《いでたち》でやってきているつもりだから、そこのところを京で京の板前に訊《き》くわけにもいかない。

そのとき板前さんはカウンターの前ののれんの蔭《かげ》から、おじいさまのことをちらちら眺《なが》めやっていた。どうも一度お目にかかったような気がしてならなかった。

おじいさまは、どこでどうやって手に入れたものか、今風な小ぶりの老眼鏡をかけ、眉《まゆ》を剃《そ》り落としての〝変装〟だったうえ、前は板前さんの横をすり抜《ぬ》けるここの板前の扮装《ふんそう》でだったから、さすがの板前さんにもあてがつけられないでいた。それでも何か訊《き》いてみて、相手の答えの言葉尻《ことばじり》からでもあてをつけようとのれんから出たとき、新しい客がカウンターの奥《おく》近くまで入ってきた。

きらきら星をちりばめたような洋装《ようそう》の麗人《れいじん》——といいたいが、少し前までならば麗人と呼《よ》べたかもしれない女性で、それがおじいさまの隣《とな》りに座《すわ》った。続いてもう一人、同じ年かっこう同じ趣味のおファッションのご婦人が並《なら》んで掛《か》けた。

鰊《にしん》の身を口の中にふくんでうっとりしていたおじいさまが、いきなり大きなくしゃみをした。

—く、くくっさめェ！

まるで狂言《きょうげん》の舞台《ぶたい》で聞くような派手《はで》な音で、おじいさまはどうしてこんな派手なくしゃみがいきなりとび出したのかまごつきながらも、

—これは失礼つかまつりました。

と、丁重《ていちょう》に詫《わ》びた。

二人のご婦人方はだんまりのまンまだ。そのひらひらぴかぴかの服から強烈《きょうれつ》な香《こう》

水《すい》の匂《にお》いがたちのぼりひろがっている。そいつがおじいさまの大きくて立派《りっぱ》なお鼻にまともに吸《す》いこまれたのだ。

生まれて初めて嗅《か》ぐ爆裂弾《ばくれつだん》のような匂いに、おじいさまは鼻を押《お》さえて立ち上がり、とにかくくさめをおさえこんでカウンター沿《ぞ》いに横っ走りに、なんとかご婦人方から一歩でも離《はな》れようとした。

さすがに素早《すばや》い身ごなしではあったが——それで刀や矢までは避《さ》けられても、匂いの追っ手には無力であった。とにかくたちまち吹《ふ》き抜《ぬ》けじゅうにひろがり立ちのぼり、せっかくのおいしそうな料理の香《かお》りを四散させ、ねじ伏《ふ》せ打ち消してしまった。

板前さんが茶をのせた角盆《かくぼん》を持ってのれんの奥から出てきたときには、おじいさまの姿《すがた》は店になかった。カウンターのある吹き抜けの部屋から横っ跳《と》びに表に走り出て、そのままの勢いで三条通りまでつっ走り、何やら古い西洋館へ闇雲《やみくも》にとびこんでいた。

そこでまた、

——く、くくくっさめェ！

と、派手《はで》にやったものだから、そこ——京都文化博物館でちょうど開催中《かいさいちゅう》の奥村《おくむら》土牛展《とぎゅうてん》を見にきていた人たちは、ぎょっとしたようにおじいさまを見つめた。

おじいさまは、ようやくくしゃみがおさまると、とびこんできた扉《とびら》からとび出していき、そのままふっ——と消えてしまった。その身ごなしがあまりに迅速《じんそく》だったので、博物館の近くにいた二、三人の通行人たちにしても、おじいさまがとび出してきたことも消えてしまったことにも気づく者はいなかった。


闇《やみ》の中でもおじいさまは、しっかと自分の鼻を押《お》さえていた。息が詰《つ》まって苦しくて、これでは仏壇《ぶつだん》のあるあの家まで戻《もど》りつけるかどうかも心許《こころもと》なかった。

おじいさまはそれでは——と立ち止まり、鼻から思いきり息を吐《は》き出した。体を馬のようにぶるりぶるるんとふるって、あの匂《にお》いをはね飛ばそうとした。

(これでも消えぬものなら、川を見つけてとびこむしかあるまいて……)

そこまで思いつめて襟元《えりもと》のあたりを嗅《か》ぎ袂《たもと》を嗅ぎ袖《そで》を嗅ぎして、ようやくあの匂いが消えてくれているのを確かめていた。

ふたたび闇の中を飛びながら、おじいさまは苦虫を噛《か》みつぶしたような顔で店のことを思いおこしていた。

（いくらご婦人方と申せ、何たる不調法。あれでは板前殿《いたまえどの》ご苦心の料理の香《かお》りが死ぬではないか）

おじいさまは消し切れぬ怒《いか》りを抱《かか》えたまま位牌《いはい》の中に戻った。それでも落着けず、また「まい」まで飛んでいった。

眼下の三人が酒のあてにしているのはどうやら独活《うど》らしい——とおじいさまはすぐに気づいていた。それもどうやら諸味《もろみ》に漬《つ》けたものとまで見てとっていた。

（独活なら金平風《きんぴらふう》にしてもうまいものじゃが……）

舞に一言《ひとこと》そのことを伝えようにも、舞は三人の前に座《すわ》ってたのし気に話の相手をしている。そしてその三人の中にあの新太郎《しんたろう》がいるのに、おじいさまは気づいた。

（ほお、少しは骨太《ほねぶと》にもなりよったし、酒の飲みっぷりもそこそこよのう。それじゃあ……）

腕《うで》のほうも試《ため》したくて、おじいさまは奥《おく》から小判皿を一枚《まい》飛ばしてみた。新太郎《しんたろう》のはっとした目が皿をとらえ手をのばそうとした手前で、舞がふうわりと受けとめていた。

（おじいさまったら……）

舞の目に射《い》すくめられては、おじいさまもしおしおと位牌《いはい》に舞《ま》い戻《もど》るしかなかった……。

第五章・鱧《はも》の味

1

背後《はいご》からの足音が、いきなり自分のすぐ横をすたすたすた……と追いこしていく気配に、新太郎《しんたろう》は素早《すばや》く身を引いた。

(何者?・)

あたりはぼうとした夕もやに包まれており、ここがいったいどこなのか、新太郎にもよくわからぬ。江戸《えど》から戻《もど》ってこのかた、この城下町《じょうかまち》のたいがいのところなら、また見当をつけられるようになっていた自分なのに——と、立ちつくしていた。

新太郎は夕もやのむこうに目をこらし、自分を追いこしていった足音の主《ぬし》の後姿《うしろすがた》を見やった。

ずいぶん小柄《こがら》な――と思ったのも道理、それはまだ子供《こども》の背丈《せたけ》というか、子供そのもののものであり、小さな足音も子供のものであった。白い稽古着《けいこぎ》に袴姿《はかますがた》で右肩《みぎかた》にかつぐ黒い竹刀袋《しないぶくろ》までがはっきりと確かめられた。

（それにしても、この夕暮《ゆうぐ》れどきとは、遅《おそ》い稽古帰りだな……）

ううむ――と、両腕《りょううで》を組んで見送るかっこうになった新太郎のうしろから、今度はひょうひょうとした足取りの気配が近づいてくるのがわかった。それなのに、新太郎は、何故《なぜ》かぎくりとするものがあって体をかたくしていた。ううむ、何者か？

――といった気もちにさせるのである。その足音の主《ぬし》が放つぼんやりした空気のようなものの小さな渦《うず》が、新太郎を軽く金縛《かなしば》りにしてくれるのだ。

それでも新太郎は、大きく息を吸《す》って全身から気を抜《ぬ》き、それから息を詰《つ》めると全身に気をみなぎらせた。全身で待ちうけたのである。

けれどその足音の主は、そんなしゃっちょこばった新太郎のすぐそばをすいすいと通り抜け、軽い足音を残してあっというまに追いこすと、夕もやの中に入ってさっきの子供のすぐうしろまで、いきなり大きく飛んでいったように見えた。

(な、な、なんと!)

飛べるわけがあるまい——と、新太郎は思わず両目をごしごしこすりながら、その後姿《うしろすがた》をにらみつけていた。

しかしその後姿はもう、まちがいなく先を行った子供と並《なら》んで歩いているではないか。

しかも、

(あ、あれは……)

見覚えがある後姿ではないか。

(あれはもしかしたら舞《まい》どのの……)

そこのところをしかと確かめたくて、新太郎はたたたたた——と駆《か》けだしていた。

ところが、追いつけぬのである。

前方の二人は、新太郎の走った分をふうわりふうわりと飛び去るのである。

（あのようなことが……）

あるわけはない――と、新太郎は駆《か》け続けながら思い、自分の走りのまどろこしさに腹《はら》を立て、足をもつらせて転倒《てんとう》していた。

もがくようにして立ち上がってみると、二人とも、消えていた。

（夢《ゆめ》でもみておるのか？）

子供《こども》にかえったように、新太郎は自分の両の頬《ほお》をつねっていた。

（痛《いた》いぞ！）

これは夢ではなかった。

むむむ――とうめきながら腕組《うでぐ》みした新太郎のすぐ横に、また誰《だれ》かがひょいと来ていた。そして、

―ついてこられるがよい。

と、命じるようにささやいた。

（いきなり何を申されるか）

という顔になった新太郎に、その誰かの小さなふくみ笑《わら》いのこぼれるのがわかった。

(ついていきましょうぞ!)

肩肘《かたひじ》ともにつっぱった姿《すがた》になった新太郎は、そのふくみ笑いに釣《つ》りあげられるように並《なら》んで歩きだしていた。ふくみ笑いがまた聞こえたが、今度のはどうやら自分よりずっと年上の男のもののように耳に残った。それならば、ゆるりとついて歩けばよい。

ところがそのあとの男の足取りときたら、いきなり宙《ちゅう》を飛ぶように速くなり、新太郎はあっというまに取残され、相手の後姿《うしろすがた》は見る見る小さくなっていく。

(今度こそ逃《に》がすものか)

新太郎は意地《いじ》になり、自分では宙を飛んでいる速さのつもりで後姿に追いすがろうとしていた。後姿がぐんぐん近づいてくる——と見えたのもそのはず、相手はいきなり立ち止まっていたのだ。

新太郎は、たたらをふみながら立ち止まっていた。その目の前に、そんな新太郎のあわてぶりをおかしがっているかのように、ふわんと笑ったようにふくらむ「のれん」があった。茶色の大きな布が帆《ほ》のように見える風変りなもので、その横手に入口があって、先の男はそこからさっさと入っていってしまった。

取残されじ――と、新太郎も続いて入ることにした。

―おいでやすぅ。

聞いたことのないご挨拶《あいさつ》の言葉が新太郎にふりかかる。声に誘《さそ》われてつるりと入ってしまいそうな言い方だ――と思いながら、新太郎は正《まさ》につるりと入っていた。そこで、

―こちらじゃこちらじゃ……。

と、奥《おく》のほうからかけられた声は、まちがいなくあのご隠居《いんきょ》のものであった。やはり――と思いながらも、新太郎は、はいただいま参《まい》りまする……と堅苦《かたくる》しい挨拶を口にしながら、目の前の細長い部屋らしきところに踏《ふ》みこんでいた。

懐《なつ》かしいご隠居の顔の前に、見たこともない装束《しょうぞく》に身を包み、初めて見る奇妙《きみょう》な白烏帽子《しろえぼし》をかぶった若《わか》い男が、こちらをむいてほほえんでいた。それでいてその男の

目は新太郎のことをいぶかるように眺《なが》めやっている。新太郎はそれが、自分の着ているものと髷《まげ》のせいだとは気づかない。いくらここが京の一角だとしても、芝居《しばい》に出ている役者さんが扮装《ふんそう》のまンまでこうしたお店にやってくることなどまずないから無理もない。それでもその若い男は愛想《あいそ》のいい声で、

—こちらへどうぞ。

と、ご隠居の隣《とな》りをすすめてくれた。

2

—ここの味は至極《しごく》よろしいのじゃが、ときおり妙《みょう》な女子《おなご》が来よるものでの……。

ご隠居《いんきょ》は開口一番、おかしなことを言った。

—は?

新太郎《しんたろう》は次の言葉を待つしかない。

—前に来た折《お》りに出会うた。

—は？（ちょくちょく来られるのか……）

—ま、それよりも一献《いっこん》、まず一献じゃ。

ご隠居《いんきょ》は前の若《わか》い男をうながすように言い、若い男はうしろの小のれんの奥《おく》へ消えた。新太郎は、かしこまってご隠居の次の言葉を待ちうけている。ご隠居のほうは酒が運ばれてくるのを待ちうけている。間《ま》を持ち扱《あつか》いかねて新太郎が訊《き》いた。

—ここは、どのあたりのお店で？

素早《すばや》く見回したところ、どうもご城下《じょうか》には見当らぬ造りのように思える。

—御池通《おいけどお》りを堺町《さかいまち》に下がったところよ。

—オイケノホリ？

新太郎は「仮名」にして繰返《くりかえ》しながら、自分がなんだか池の鯉《こい》にでもなったような気がした。

—舞《まい》とも来よった。

新太郎には舞さんが緋鯉《ひごい》になってしなやかにはねるところがちらと見えた。
—肝心《かんじん》のことを言い忘《わす》れておったわ。
—は？
—御池通りとか堺町というのは京の町筋《まちすじ》よ。
—キョウ？
ご隠居は、もしや、という顔になり、声をひそめた。
—京は初めてじゃったかのう？
—は。左様《さよう》でございます。
—いや、舞とは何度か来たもので、ついうっかりしておった……。
そこでご隠居は、ふっふ……と笑《わら》った。
そこへ若い男が竹筒《たけづつ》と猪口《ちょこ》を持って戻《もど》ってきた。竹筒に目をやり、
—こちらがお気に召《め》されていたようでしたが……。
—よう覚えておられる。

――……ほんと、ほんとにィ……。

小さな声がして、新太郎がふりむくと、なんと、横に舞さんが座《すわ》っているではないか。さすがに口をあんぐりあけてしまった新太郎にむかって、舞は小さくほほえむと、

――ようこそ、京へ……。

と、嬉《うれ》し気《げ》なのである。

(ど、どうなっているのだ!)

新太郎は口をもごもごさせてから、唾《つば》のかたまりを二つ三つ飲みこみ、それからようやく口をきくことができた。

――お二人の申されまする「キョウ」とは、もしやあの京のみやこ、のことではありませぬか。

――京といえば、そこしかありませんもの。

舞が口をとがらせ、目を丸くしながらおかしそうに言う。

――それだといたしまするど、わたしはいったいどのようにしてその、――ここ京の

みやこに参れましたるものか……？

新太郎は目を大きく見開いて舞を見返し、そうたずねるしかなかった。

舞は小さく咳払《せきばら》いしてから、ご隠居《いんきょ》の顔を見やった。

――……ふぅむ……。

ご隠居もさすがに説明のしように迷《まよ》ったものか、猪口《ちょこ》を置いて腕組《うでぐ》みしてしまった。

いつのまにやら、舞も新太郎と同じ目になって、そんなご隠居の顔を見つめている。

新太郎の疑念《ぎねん》は、舞のものでもあったのだ。自分が竹刀《しない》に導かれたり、いきなりここの吹《ふ》き抜《ぬ》けの上から降《お》りてきたりできたりしたのは、いったいどういうふうにしてなの、おじいさま？　の目になっている。

ご隠居も、こほんと小さく咳払いで応《こた》えてから、新太郎に顔を近づけ、声をひそめて言いだした。

――さっぱりあてもつかぬのも道理、ここはうつつのものではない。

――はあ？

新太郎は間《ま》の抜《ぬ》けた返事をしてしまった。それからいそいで頭の中で「うつつ」という言葉をころがし、そうでない――というのなら、ここは「まぼろし」か――と置きかえていた。

突然《とつぜん》、目の前のものすべてがゆらめき始めた。まぼろしらしく、まわりのものすべてがたじろぎ始めたものか？

すると、さっきの若《わか》い男がかたちのよい小鍋《こなべ》を持ってあらわれ、まずご隠居の前に置いた。すぐに小のれんの奥《おく》にとって返し、二つめを舞の前に、続いて三つめのを新太郎の前に置いた。

鍋《なべ》の中はふつふつと煮《に》えたぎっており、香《こう》ばしい湯気《ゆげ》が顔の前にふわんとひろがる。まぎれもない松茸《まつたけ》の香《かお》りであり、それはまぼろしとは新太郎には思えなかった。鍋に顔を近づけると、香りがいっそう濃《こ》くなり（ここは味は至極《しごく》よいのじゃが……）と言ったご隠居の言葉がよみがえった。

たまらず、新太郎は鍋の松茸の横にあるものから箸《はし》をつけた。白身の魚だとはわかるが、ふうわりと小さく開いた花のようで、なんともおいしそうで誘《さそ》われていた。

それをほろりと口に入れる。上品な味がひろがったものの、それが何という魚の身であるかの見当はつかなかった。

―それは鱧《はも》といいます。

横から舞さんが声をかける。

―ハモ?

聞いたこともない魚の名であった。

―わたしもここで初めていただいたお魚でした。

と、舞さんは正直に教えてくれる。熱いのをはふはふと頬張《ほおば》ると、松茸《まつたけ》の香《かお》りがひろがり、魚の身なのに松茸の味がする。

(ふうむ、松茸に味があったかな?)

思わず目顔でたずねていた。舞さんがまた、そのお魚はいろんなものの味に馴染《なじ》んでその味になってくれるみたい……、と、教えてくれる。

（そのとおりにしても、いったいこんなまぼろしがあろうか？）

新太郎は、次に松茸を一口やってみる。口あたりの良いしゃっきりとした歯応《はごた》え。これもまぼろし？――と、新太郎は一気に飲みこんでみる。おいしい味がのど元をゆるんと落ちていくのがわかる。

まぼろしでもよいではないか。新太郎は忙《いそが》しく箸《はし》を使い、鍋《なべ》の中のものを次々に食べてゆく。

―口の中に秋が、ひろがるみたいでありましょう？

舞さんがつぶやくように言う。うまいことを言うなぁ、そのとおりだ、と思いながら、新太郎は、そうか、これが秋の――京の秋の味なのか……と悟《さと》るように思っていた。

そこでようやく、ご隠居《いんきょ》のほうに目をやった。（ご隠居はまぼろしを食べておられるのかな？）と、気になっていたのだ。

ご隠居は、まさに秋のまぼろしを食べるのに余念がなかった。

（そうか。うむ、ここが、それにこの鍋《なべ》のものがうつつのものでなくともかまうものか……）

新太郎は鍋の残りをあっというまにたいらげてしまっていた。そこで、隣《とな》りは――と見れば、舞さんの鍋ももうからっぽになっている。

―もう無《の》うなっておりまする。

舞さんはおどけたように言い、新太郎の耳の底に、もう一つの同じ音がよみがえってきた。

―あそこのご隠居《いんきょ》が亡《の》うなられたあとも、よう繁昌《はんじょう》しておりますな……。

道場の酒井《さかい》様が言われたものだった――と、新太郎は思いおこし、どきりとしていた。そこでもう一度ご隠居のほうに目をやると――そこには誰《だれ》もいなかった！

―ご、ご隠居は？

大声で隣りの舞さんに訊《き》いたのに――その舞さんの姿《すがた》もなかった！　そして新太郎は、立ちくらみをしたときのように頭の芯《しん》がしびれ、目の前のものがそろってゆうらゆうらとゆらめきゆれ動いているのが目に映った。

—ま・ぼ・ろ・し・か……。

つぶやき終わると、新太郎は、なんと、夕暮《ゆうぐ》れどきの薄闇《うすやみ》に包まれたあの小橋の上にたたずんでいるではないか。

—これはまた、な、なんとしたこと！

思わず大声でひとりごち、薄闇の四方《あたり》を見回していた。

（あのむこうの薄明りは、「まい」の灯《あか》りではあるまいか……）

ならばあそこへいってみようと一歩踏《ふ》み出した。そのとたん、ひっく！　とのどが鳴り、あの秋のまぼろしの味と香《かお》りが口じゅうにゆんわりとひろがってくるのがわかった。

（な、な、なんと……）

のどを押《お》さえて新太郎は立ちすくんだ。ならばあそこへいったことも、あれを食《しょく》したことも、まぼろしではなかったのではないか……。

そのときむこうの「まい」のあたりで、小さくともたしかに舞の声がした。お客を送る、明るくよく通る声であった。

3

（これはもう、舞《まい》どのに訊《き》くしかあるまい……）

という思いにかられ、新太郎《しんたろう》は立ちすくんだ両足を引きはがすようにして声のしたほうに踏《ふ》み出した。一歩、二歩、三歩――少しずつ足のぐあいが戻《もど》ってくる。ようし、あとは一走りで――と駆《か》けだそうとしたとき、背後《はいご》に小さな足音が聞こえた。

（あの子供《こども》のものだぞ……）

そう気づくと身構《みがま》えていた。

その横を小さな足音はすたすたすた――と通りすぎてゆく。新太郎が横目でちらと見ると、たしかにあのときと同じ子供が同じかっこうで歩いている。白い稽古着《けいこぎ》と袴姿《はかますがた》で右肩《みぎかた》にかつぐ黒い竹刀袋《しないぶくろ》……。

その竹刀袋がゆらめくようにゆれ始め、その動きに新太郎は目を奪《うば》われていた。

それは、いつぞや舞が目をとられ気を奪われて追ったあの竹刀と同じようなゆらめきよう動きようであったが、新太郎にはそれがわかるわけがない。おとりの動きにつられる魚のように、新太郎は竹刀袋の動きに気を取られ、つけ始めていた。

そしてまたそうしながら、

（次にはひょうひょうとした足取りのがやってくるのだ）

と、心得顔《こころえがお》になっている。

あのときとまったく同じ繰返《くりかえ》しなのに、そのことには気づかずに、やはり身構えていた。そしてたしかにあのときと同じひょうひょうとした足取りの気配が近づいてくるではないか。

（次は金縛《かなしば》り、それからそいつは飛びよるのだ……）

先回りするように新太郎はそう思い、そうはさせてはならじ——と、今回は体から力を脱《ぬ》いていた。けれど同じことがおきただけであった。

足音の主は新太郎の横合いをあっさりと通りすぎ、新太郎がその後姿《うしろすがた》に目をやったときには、さああっ――と飛んでいって――しまった。

――な、な、なんと！

新太郎も同じ言葉を発していた。そして、

（あ、あれはやはり舞どのの後姿ではないか……）

今度はまちがいなし――という目になって眺《なが》めやり、やはりあのときのように駆《か》けだし追っていた。

そして今度はその舞どのの後姿に追いついていた。転びもしなかった。そして子供《こども》の姿はなかったが、舞どのはちゃんと新太郎の目の前にいてくれた。

後姿の舞どのがふりむいてくれた――ら、やはり本物の舞どのであることに、新太郎はようやく胸《むね》をなでおろしていた。

舞のほうでは新太郎の姿をみとめると、

――あら、おいでなさいまし。

と、女将《おかみ》の声になって迎《むか》えていた。

――今、お二人のお客様をお送りしたところでした。

――左様か。

新太郎はしゃっちょこばって堅苦《かたくる》しい挨拶《あいさつ》言葉を口にしていた。

舞は体じゅうで、もう一度おいでなさいましを繰返《くりかえ》し、新太郎は小さくうなずいていた。そして舞に、「竹刀袋《しないぶくろ》をかついだ子供《こども》」が来なかったかと訊《き》いていた。

――やっぱり竹刀でしたか。

舞から意外な返事が戻《もど》ってきた。

――やっぱり竹刀――ですと?

――わたしのときも、竹刀だったのですよ。

――わたしのとき?

――あ、ち、ら、へ引かれてまいりましたときのことです。

―あちら？

―そう。おじいさまがいたずらするといいましょうか、寂《さび》しくて招《よ》んでいると申したらよろしいのでしょうか。

―おじいさま？　あの、お亡《な》くなりになられたと承《うけたまわ》りましたが……。

―そのとおりでございますよ。

―それが、お目にかかっておるもので……。

―あちらでで、で、ございましょう？

―……？

―京のお店。

―左様。ご隠居《いんきょ》は、たしかにその京のお店とやらにおられた。

続いて、

―それが夢《ゆめ》か、うつつか……、よくわかりませんので……。

とも、

―しかしその、その店で食したものの味やら匂《にお》いは、しかと覚えておりますもので……。

とも、新太郎は大真面目《おおまじめ》に答え続けていた。

―それはわたしも、同じことでございます。

―であれば、ご隠居はたしかにあそこにおいでで……。

舞は、しんとした顔になった。

―たしかにおいでになるところへご案内いたしましょう。

舞は、そう言い残して店に入り、しばらくすると戻《もど》ってきて、新太郎についてきて下さいまし――と言った。

そして舞についていった新太郎が連れていかれたのは、舞の家であった。

舞がとりあえず――と案内したのは仏間《ぶつま》であり仏壇《ぶつだん》の前であった。そして位牌《いはい》にむかって、

―新太郎さまが来て下さいましたよ。

と語りかけていた。

一拍《いっぱく》置いて、コ・ホ・ン・ン……という咳《しわぶき》が聞こえた。

ぎくりとなって新太郎は位牌《いはい》を凝視《ぎょうし》し、息を殺してご隠居《いんきょ》からの次のご挨拶《あいさつ》を待つかっこうになった。

舞は線香《せんこう》二本に火をつけ、灰《はい》の中に立てた。

二本の細い煙《けむり》がすううっと立ちのぼり、新太郎の目の前でそれがゆるんとゆれると、小さく渦巻《うずま》き始めた。

—おじいさまったら……。

新太郎は渦を見つめている。いったいこの渦巻きどのにどう挨拶を返したものかと、かたくなって正座《せいざ》し、自分の膝《ひざ》を痛《いた》いくらいにつかんでいた。

第六章・二人の若者

1

どういうわけか、新太郎《しんたろう》は馬の轡《くつわ》をしっかりと握《にぎ》りしめて立っていた。

だから新太郎の目の前には、馬の長い顔がある。体全体が青味がかって見える美しい白馬で、その目までがすきとおった青色に見えてくる。

その二つの目が新太郎をまっすぐに見つめている。こんなふうな目にこんなふうに見つめられたことがあったな——と思いながら、それが誰《だれ》のものだったか、いつのことだったか、どこでだったかが思いおこせない。

目をつむってみても、目の奥《おく》の暗闇《くらやみ》には誰の顔も浮《う》かんできてはくれない。あきらめて目を開くと、馬につけられた鐙《あぶみ》が目に入った。鐙には人の足がかけられているが、着物の裾《すそ》がかくしている。
その着物の主《ぬし》が誰《だれ》であるかは知っている。
白無垢《しろむく》に綿帽子《わたぼうし》で、おっとりと白馬にのっかっているのは、ほかならぬ舞《まい》どので
——新太郎はその馬の轡《くつわ》をとっているのだった。
舞どのの晴《は》れ姿《すがた》がまぶしくて、新太郎は目をあげられずにいる。
——婿《むこ》どのが花嫁《はなよめ》の乗られる馬の轡をとられることはござらぬにのう。
という声がかかったが、新太郎はかまわず轡をしっかと手にしたまンまだ。
ほかでもない。その婿どのというのが、この自分だというのも知っているからだ。
それに、手を離《はな》せば馬は舞どのを背《せ》に駆《か》けだし、自分は取残される気がするからだ。
そんな婿どのがいるものだろうか。
せめて轡《くつわ》さえ握《にぎ》っておれば、馬ごと舞どのはしかと横にとどめておける……。
それに、馬のうしろに続く花嫁《はなよめ》行列——舞どののご家族ならびに親族ご一統方《いっとうがた》も、
そのままにしておける。——

青い目の馬は、新太郎のそんな気弱な思いを読んだものか、

（しっかりなせえまし……）

と言いたげな目つきになって、新太郎のことをちろりと眺《なが》めやった。

新太郎もそれに気づき、ぐほんとむせながら咳払《せきばら》いして馬の轡《くつわ》をぐいと引いていた。

（馬の分際《ぶんざい》で何を……）

という気負いからだったが、馬のほうは長い顔をもよんとゆがめてぶるりとふると、新太郎の手を難《なん》なくはじきとばした。

（はげましてやっておるのによォ……）

馬はむっとしたようすで首をふり、今度は胴《どう》までぶるるるん——と大ぶるいした。

舞は、そんな馬のたてがみを優《やさ》しくなでてやり、馬のほうもそれで気がおさまったものか、おとなしくしゃんしゃかしゃん——と歩き始めてくれた。花嫁《はなよめ》行列もゆるやかにしゃんしゃかしゃん……と動きだした。めでためでたの花嫁行列の足取りであった。新太郎もほっとしながら、改めて轡《くつわ》をとり直し歩きだしていた。

新太郎は、そっとふりむいてその行列を見やり、小さく頭をさげていた。ご苦労様にございまする……。

と、馬にゆられていた花嫁《はなよめ》が、ぐいと腕《うで》をのばして新太郎の肘《ひじ》のあたりをつかむと、ひょいと馬の背《せ》に引きあげてくれるではないか。

新太郎は舞どののすぐうしろにまたがるかっこうになり、花嫁花婿《はなむこ》を背にした馬は、

（これでようよう落着きまさあな）

といった目になり、しゃしゃりきしゃん――といった足取りになって歩き続けた。あとに続く行列の人の足取りも、その馬に合わせ、しゃしゃりきしゃん！――とかわっていた。さっきよりよほどきりりとしている。

新太郎はまたそっとふりむくと、その列を見下ろして今度はていねいに頭をさげていた。ご苦労様でございまする、有難《ありがと》うございまする……。

前の舞どのにまず頭をさげねば――と思いながら、そいつは気恥《きはずか》しくてできないでいた。舞のほうはそうした新太郎の動きや、気もちやらを知ってか知らずか、まる

Aquirax

で気にもとめない表情でまっすぐに前方を見はるかしている。誰《だれ》もいない一本道に、春の陽《ひ》がやわらかにさしているのが見渡《みわた》せる。

花嫁《はなよめ》は両腕《りょううで》をぐーんとのばして、

—あああーん。

と、ゆっくりあくびをした。

白馬の青い目がそいつをちろと見やり、長い顔でぐすりと笑《わら》った。

舞どのは、そこで手綱《たづな》をしっかとつかむと鐙《あぶみ》で馬の腹《はら》を鋭《するど》く蹴《け》った。

馬は舞どののその合図にうなずくように、いきなりどっと駆《か》けだした。

あおりをくらって新太郎はもんどりうって落馬してしまった。新太郎の体が描《えが》く抛《ほう》物線《ぶつせん》を目で追いながら、行列の面々は全員足を止めていた。これはまた何たること……。

それでもさすがに、新太郎はくしゃんと潰《つぶ》れたりしなかった。空中で自分に舌打《したう》ちすると、すいっとん！　といったぐあいにすっくと立っていた。

行列の中から小さく拍手《はくしゅ》がおこり、

—さすがは婿《むこ》どの……。

といったささやきが小さくひろがった。

それを合図のように、舞どのを乗せた馬とそれに続くご一統さまの列は、ざっくざっくといった勢いで駆《か》け始めたではないか。

新太郎は腕をふりあげ、大声をはりあげていた。

—お・待・ち・め・さ・れ・よォ！

そしてその声で目をさまし、蒲団《ふとん》の上でがばと正座《せいざ》してしまった。

＊

ふ・ふ・ふ・ふ・ふぅ……。

風が笑ったような低声《こごえ》が、部屋の欄間《らんま》のあたりをころがっていく——気がしたので、新太郎はきっとなってそのあたりをにらみつけてやったが——声の主《ぬし》などいなかった。

新太郎はあのとき舞の家の仏間《ぶつま》で誰《だれ》かの咳《しわぶき》を聞き、線香《せんこう》の渦巻《うずま》きで挨拶《あいさつ》された――ように思ったので、今のもご隠居《いんきょ》かと勘《かん》ぐったのだったが――それきり部屋は静まりかえっている。

新太郎は正座《せいざ》したまンまでふかぶかと頭をさげると、

(いや、夢《ゆめ》の中とは申せ、不様《ぶざま》なことで申しわけござらぬ……)

と、しゃっちょこばって夢の中の――舞どのに詫《わ》びていた……。

2

同じころ。

あの仏間の仏壇《ぶつだん》の中で、位牌《いはい》がコットンと音をたてていた。おじいさまが咳《せき》をし損《そこ》ねたものらしい。

(……ふうむ、そういうことであったのかい、やはり……)

位牌《いはい》の中で腰《こし》を押《お》さえながら、おじいさまはひとりごちた。腰を押さえたのは、あのとき夢の中で舞の乗る馬に続く行列にまぎれこんでいたもので――いきなり駆《か》けだしよったみんなのせいで、転んだからだ。

新太郎《しんたろう》が仏間で自分の前に座《すわ》ったときに、線香の煙《けむり》で合図してやったのに、何の反《はん》応《のう》もなし、であった。そこでおじいさまは、その夜の新太郎の夢の中に入りこんでやった。腰を打ったのは、断りもなくひとさまの夢に入りこみ、その気もちをのぞこうとした小さな罰《ばつ》よの――と思い、も一度腰を押しながら照れ笑《わら》いしていた。

(新太郎のやつ、あのようなことを思うておるのか……)

おじいさまは夢の中の光景を思いおこす。入りこんだものの、これでは居場所がなかったと見てとり、とりあえず行列にまぎれこんだ。ひとさまの夢の中でできるのはそこまでで、あとは夢をみておる者のものだ。

(夢であったにしても、あのような折《お》りにはわしにおってほしい――というのも新太郎の思いの一つなのかの……)

入りこんだご隠居《いんきょ》をそのままにしておいたのは、新太郎の思いだ——と読んでいた。

(そのおかげでこの体《てい》たらくよ……)

おじいさまは気合いをいれて腰《こし》をのばした。腰はしゃんとのびてくれ、すっきりした気もちになったおじいさまは、位牌《いはい》からつるりととび出していた。そしてそのまま一気に魚河岸《うおがし》まで、ぽうん——と飛んでいた。今ごろは魚河岸のどこかにおる舞のことをちょいとのぞいてみたくなったのだった。


舞と新吉《しんきち》はじきに見つかった。何せ、勝手知ッタル魚河岸ノ中——なのである。二人ともしゃきしゃき歩き、次々に魚を選んでは買付けている。

(舞の白無垢《しろむく》に綿帽子《わたぼうし》ちゅうのは、やはり夢《ゆめ》であったの……)

おじいさまは苦笑《にがわら》いし、二人のあとをぶらぶらつけていた。

たとえ舞がふとふりむいておじいさまの姿《すがた》が目に入ったとしても、

——この忙《いそが》しいときに何をのんびり見物なさっておいでですゥ……。

と、軽くいなしたにちがいない。

舞も今ではもう、おじいさまとどこで出会おうと気にならなくなっていた。いや、うっかり声をかけて、この忙しいときにあちらへ連れこまれでもしたら大迷惑《おおめいわく》——と、思っている。

舞のそうした気配に気圧《けお》されたものか、おじいさまの姿がゆらめいて薄《うす》れ、ふっと消えてしまった。

おじいさまは河岸《かし》の入口に戻《もど》っていたのだ。二人の上にふわりと浮《う》かんで、両腕《りょううで》を櫂《かい》がわりにひとかきふたかき——の動きですすんだ。

あのころのように入口から町筋《まちすじ》を見渡《みわた》しては、今朝は別の筋でも通って戻るか——という気もして、そのままふうわりと降《お》り立つつもりが——眼下《がんか》にいかつい顔つきの若者《わかもの》を見つけて舞《ま》い上がり直していた。

（ここには不向きのご面相よな。それにしても、どこかで見た顔じゃが……）

ぷいと姿を消してその若者の目の前に立ち、とくと顔を眺《なが》めてやったが覚えがない。

そのくせ、どこかで見たところはたしかにあるのだ。

久しぶりに、昔の城勤《しろづと》め仲間の顔をいろいろと思いおこしてみた。にわかに、武士のころの律気《りちぎ》さがよみ返ったものか、一人一人を思い浮《う》かべていっては、いやいやと首をふって消していく。

(井山《いやま》。稲見《いなみ》。服部《はっとり》。二宮。堀田《ほった》……)

どの名前もその若者《わかもの》の顔とは結びつかぬ。

そのとき下の若者が小さく咳払《せきばら》いした。その音が一つの顔を思いおこさせてくれた。

(おっ、尾島よ。今のは尾島又兵衛《おじまたべえ》の音よ、の)

とうなずきながらも一抹《いちまつ》のずれを感じていた。あの若者の面構《つらがま》えは又兵衛の若かりし日のものでもないぞ……。

そこで、何のことはない、あれは息子《むすこ》どのじゃ……と苦笑《にがわら》いしていた。

(いやいや、あの目のきょとつきようと素早《すばや》い配りよう、突《つ》き出しておって何かを嗅《か》ぎたがっとる顎《あご》のかたちは、〝根掘《ねほ》り葉掘りの知りたがりや〟の又兵衛のものに瓜《うり》二

つよ、うむ）

と重ね合わせていた。何せ息子だからの、ぴったしじゃ……。

（又兵衛《またべえ》はたしかお蔵方《くらかた》であったよな。されば下の若いのも同じ勤めよの。それがまた何用あってこのようなところに……）

昔のことを思いおこそうとしたせいか、侍《さむらい》言葉に逆戻《ぎゃくもど》りしてそう思いながら首をかしげていた。

その回答《こたえ》を持ってきたのが、入口のほうに戻ってきた舞であった。舞の姿《すがた》が目に入るのを待ちかねていたかのように、下の若者——尾島又四郎《またしろう》は、駆《か》けより、ぶつからんばかりにして舞の前に立っていた。舞も顔は見知っていた。

——これはまた異《い》なところでお目にかかりまする。

——これはまた思いもかけぬところにおこしでいらっしゃいますこと……。

挨拶《あいさつ》がわりにしては少しずれた言い方で、二人は頭をさげあっている。おじいさまはそれこそ〝異なる光景〟でも見下ろしている気もちで二人を上から眺《なが》めている。

二人とも、あとの言葉が続かないでいる。舞は小さく会釈《えしゃく》して歩きだそうとした。

すると、

―少々野暮用《やぼよう》がござってこのあたりに参ったものでござったが、舞どのの後姿《うしろすがた》をちらとお見かけいたしましたるもので、お待ち申しておりました。

又四郎《またしろう》はまた、えらくしゃっちょこばった口のきき方をした。

(知りたがりやの又兵衛《またべえ》の血を引く息子《むすこ》にしては、いささか回りくどいもの言いよな)

と、二人の頭上で横になって浮《う》かんでいるおじいさまは首をひねっている。

そこでいきなり夢《ゆめ》の中の新太郎のようすを思いおこしていた。

(あれもまたあの夢ン中じゃあ、えらく回りくどいことをしておったな。花婿《はなむこ》であるのに、何故《なにゆえ》にまた花嫁《はなよめ》の乗る馬の轡《くつわ》をとったりしておったのだ)

そこで、ちくと思い当った。おのれの若《わか》かりし日の一齣《ひとこま》がいきなりよみがえってきたのである。

（あの折《お》りのわしも同じではなかったのかな）

（うちのばあさんに初めて会うたあと、も一度会いとうて悶々《もんもん》としとったくせに、そいつが口にできんかったぞ。日ばかりたって、あの悶々はいよいよ大きいなるのに何もでけんでおった――ではなかったのか……）

おしまいは自分に言い聞かせるように思い返し、くすりと笑っていた。

（あ、いや、これは。――もしかすると下の者は舞のやつに岡惚《おかぼ》れしておるのではないかの……）

そして舞のほうを見下ろすと、舞の目は目の前にいる又四郎を突《つ》き抜《ぬ》けて新吉の姿《すがた》を探しているのがわかった。新吉が見つかれば手をあげて合図し、いつものように二人してさっさと帰る気になっておるわ――と、おじいさまはふんだ。

すると、下の又四郎も舞の気もちのゆれを察したものか、いきなり用件を切出した。

――いや、なに、そのう、ここでお目にかかったのは幸い。今夜、店のほうにお蔵方《くらかた》の者五人ばかりと参りたい。ご用意いただけますかな。

（ふうむ……）

と、上のおじいさまは又四郎《またしろう》のやりくちを見下ろしてまた首をひねっている。

—それはもう。有難《ありがと》う存じます。

引取って答えたのは、いつのまにやら舞の横にきていた新吉で、又四郎のほうは新吉のことも知っているらしく、小さく舌打《したう》ちしたものの、それでは——と踵《くびす》を返していた。

舞も〝営業用〟の小さなおじぎを一つすると、未練《みれん》がましくふりむいた又四郎がそこを目にとめ、うむ——と、軽く会釈《えしゃく》して戻《もど》っていった。

（ふうむ……）

おじいさまは、おのれの若《わか》かりし日のやりくちを思いおこそうとしてできず、小さくため息をつくとその息の勢いで、ゆうらゆうらと宙空《ちゅうくう》へのぼっていった。

おのれのことよりも、新太郎め、いったいどこで何をやっておるのか、という顔になっていた。そして三度目の〝ふうむ……〟と一緒《いっしょ》に消えていた。

3

その夜「まい」にやってきたお蔵方《くらかた》六人衆は、日を置かずにまたやってきた。その来方は「まい」通い――といってよいものになっていった。

揃《そろ》ってなかなかの飲みっぷり食べっぷりであり、店をうめているほかのお客に気配りしてか、若者にありがちの無遠慮《ぶえんりょ》なはしゃぎようもなく、まずは無難《ぶなん》に〝馴染《なじ》み〟になっていく気配に、新吉は、

――有難《ありがた》いことで。ま、どなたかがお江戸《えど》に出られた折《お》りに「陰富《かげとみ》」で大勝ちでもなさったんでございましょう。

と、通いの軍資金のあてをつけ、笑《わら》って舞に話したものだ。

舞も毎度ご挨拶《あいさつ》に出るし、珍《めずら》しいものは自分でお運びもするようにして、六人の皆《みな》さまを揃《そろ》ってもてなすように努めた。

又四郎《またしろう》は、そんなふうに少しずつ馴染《なじ》んでくれる舞のことをじっとうかがっているが、表だって自分がしゃしゃり出ることはしない。

舞を引きとめて訊《き》きたいこと話したい気もちはあるのに、そこはおさえている。あの知りたがりやの父親の血を引いている者にしては、よくおさえている。

そんな又四郎《またしろう》が「まい」に来る折《お》りには、いつも懐《ふところ》深くに持ち歩いているものがある。

珊瑚《さんご》を使った玉簪《たまかんざし》で、珊瑚はかなりの上玉《じょうだま》というか、大きなもの。父親が羽織《はおり》の紐《ひも》につけていたのを、その上機嫌《じょうきげん》に乗じてうまくもろうたもの。それを、やはり父親の馴染《なじ》みの職人にこっそり頼《たの》んで玉簪に仕立て直してもらったもの、であった。

そういうところは新太郎《しんたろう》とちがい、世間智《せけんち》が働く男で、それを持ち歩くのは、機会をとらえられたら舞さんに差上げたい——というところにあった。新太郎より一歩大人じみていた。

もっとも、六人もの仲間連れでの「通い」ともなれば、うまく立ち回って抜《ぬ》けがけでもしないかぎり、舞さんと二人になる——のはむずかしかった。だから玉簪《たまかんざし》はずうっと〝宝《たから》の持ちぐされ〟みたいになっている。そこをまたあわてずに機会をうかがうところも、又四郎は新太郎より大人なのか。

おじいさまがそこのところを知れば、ふうむではなくて、ううむ——と腕《うで》を組み、

（新太郎、め……）

と小さくぼやくかもしれない。

又四郎はまだ少年といってよいころに、仲間と一緒《いっしょ》に舞のことで新太郎に難癖《なんくせ》をつけ、立合って打ち負かされたことがある。そのときのことを肝《きも》に銘《めい》じ、新太郎には抜《ぬ》けがけしない気もちでいる。見かけより律気《りちぎ》な男なのである。舞もそうした気配は少しずつ汲《く》みとれるようになっていた。

そんな又四郎の律義さに気づけば、おじいさまは腕組みして、ふむむむ……と鼻でため息をついたにちがいない。

けれど「まい」にいくのはなるたけ遠慮《えんりょ》していた。何せもう自分の店でなくなってから日もたっている。舞に〝未練がましい〟などと爪《つめ》の先ほどでも思われたくなかっ

た。「まい」をのぞきたい気もちがおきると、あちらへ飛んでいたのは、そんなところもあってのこと。といったあたりを察するようになってもらいたくて、新太郎もあちらへ連れていったのだったが……。

それなのに新太郎は相変《あいかわ》らず武骨《ぶこつ》で、世間知らずのところがなくならず、せんだっても道場の酒井《さかい》様をお誘《さそ》いして、いきなり「まい」にやってきた。

そしてのれんのところで、生真面目《きまじめ》なお運びの小女《こおんな》に、

――お席があいにくふさがっておりまして……。

と、あっさり断られていた。

そのまま踵《くびす》を返す二人が、厠《かわや》から戻《もど》る又四郎《またしろう》の目に入った。そして、

（お江戸《えど》までいきよったのに、相変らず武骨よ。ちいとは大人になって戻ってきたと思うたのによ）

と、同情気味に――それでも嬉《うれ》し気《げ》に見送っていた。そんな又四郎は、

（厠《かわや》帰りにはどうやらつきがあるらしい）

とも思っていた。

一度だけだったが、厠《かわや》の戻《もど》りに舞とすれちがった折《お》りに、いそいで玉簪《たまかんざし》を落としてみたことがある。派手《はで》で良い音をたてた簪《かんざし》に、舞も驚《おどろ》いたように立ち止まり、素早《すばや》く拾いあげていた。舞はそれが美しい簪であることなどを見ることもなく、お客さま――又四郎にすいとお戻ししていただけのこと。

又四郎のほうは、舞のその早業《はやわざ》というか、身ごなしの美しさに見惚《みほ》れて、何も言いだせぬまま、また懐《ふところ》に戻していた。舞は舞で、

（もうちょっとであれを逆手《さかて》に持つところだった。そのようなことをしていたら、小さな武器《ぶき》扱《あつか》いの反応をしてしまったことになる。お客さまにはなんとも失礼してしまうところだった……）

と、胸《むね》なでおろしていたのだったが。

又四郎は、そんな舞の気もちのゆれには気づかず、ほっとした舞の目の優《やさ》し気《げ》なところばかりをちろろと眺《なが》めやってほんのりとなっていたのだから困《こま》ったものだ。勘《かん》ち

がいというものは、どこから始まることやら……。

今夜もおじいさまは京のご隠居《いんきょ》のなりをして、「まい」のま上を京の空にむかって流れ星のように飛び去っていった。

第七章・キョーノミナミミザ

1

又四郎《またしろう》さん——と呼《よ》ばれた気がしてふりむいたが誰《だれ》もいない。舞《まい》どのの声、と思ったのだ。

（かなりのもんだぞ、又四郎……）

又四郎は自分の頭をこつんと叩《たた》いて苦笑《にがわら》いした。空耳か、と思い直していた。

又四郎さん——と、また同じ声が呼んだ。

（今度はもうまちがいなしに——舞どのの声だ！）

又四郎は、それでも用心して、そおっとふりむいた。自分でも気づかずにトンボとりのときの姿勢《しせい》になっている。それも、へっぴり腰《ごし》の、だ。

(じたばたすると——逃《に》げちまうぞ……)

そろーりそろーりと頭《こうべ》をめぐらせたが——誰《だれ》もいないのは同じだ。

(やはり、これはもうかなりきておるわ……)

自嘲《じちょう》気味《ぎみ》にもう一度苦笑《にがわら》いしたとき、頭上から明るい笑い声が降《ふ》ってきた。又四郎も今度は素早《すばや》く声のしたほうをふり仰《あお》いだ。

——ま、ま、ま・い・ど・の!

大声をあげていた。

頭の真上を、あの舞どのが天女のように(!)ゆるやかに飛んでいるではないか。

——……!

しばし声をなくしていた又四郎が、今度は大声で呼《よ》びかけていた。

——お待ちを! しばしお待ちを!

それもそのはず。頭上の舞のほうは、ゆるやかだがまちがいなく飛び去っていくではないか。たまらず、又四郎は駆《か》けだしていた。すると、又四郎の駆ける速さの分だけ、頭上を飛ぶ舞も遠ざかっていくではないか。

——……このようなることが、ござるわけがござら……。

ござらぬはずのことがおきているのであった。又四郎は、ええいままよ、と刀の柄《つか》を握《にぎ》りしめて走りだしていた。又四郎のまわりの町の家々が、道をやってくる人の姿《すがた》が、不意に降《ふ》りだした雪にかくされていくように、夕暮《ゆうぐ》れの色に包まれ始めた。同時に、舞の飛ぶ宙空《ちゅうくう》にもその暗闇《くらやみ》の色はひろがり、舞の姿が夕暮れ色の中に溶《と》かされ始めた。

—あ、いや、ま・い・ど・の……お待ちめされい！　お待ちなされい！

なんだか芝居《しばい》もどきの言い方になって、又四郎は声で追いすがろうとしていた。まわりの暗闇はどんどん濃《こ》くなり、宙空の舞の姿もその中に溶けて見えなくなり、それでも又四郎は走りやめなかった。今やもうすっかり闇になった「空間」をゆわーんゆわーんと、ただようように動いていた。うごめいていた。そして足の動きがぐい、と止められたとき、又四郎は、ず・て・ん！

と、小さく音たててころがり、ひょいと立って、どこやらに座《すわ》りこんでいた。床《しょう》几《ぎ》のようなものの上に腰《こし》をおろしているのに気づいていない。

――な、な、な、なんと！　これはまた、なんとしたことかあっ！

又四郎はまた芝居《しばい》がかった声をはりあげていた。するとすぐ横の闇《やみ》の中で、

――くくくくく……。

と、小さいが明るい笑《わら》い声があがるではないか。又四郎は〝びくん〟と体をふるわせながらも、その笑い声のあたりを、はったとにらみすえた。

そのとき前方下の暗闇の中から、
しょきぃぃん！　しょきぃぃん！……

と、拍子木《ひょうしぎ》を打ち合わせる音が、小気味良く響《ひび》くではないか。

又四郎はまた度肝《どぎも》を抜《ぬ》かれ、暗闇の中《なか》で半ば腰《こし》を抜かしたようなあんばいになっていた。いったいここは――これは――このおれさまは、どこにどうなっておるのだ？

……。

それこそ芝居がかりの小さな見栄《みえ》でもきってやりたいくらいになったとき、拍子木の音がまた一つ鳴り響いて消え――かわりにその音のあたりがぽあっっと明るくなった。それで又四郎は、自分が宙空《ちゅうくう》に座っているような気もちにさせられていた。目の下一面が明るい下界――であり、自分はその上あたりで、何かこう床几《しょうぎ》のようなものに腰をおろしている――らしいのだ。

そのとき、横の暗がりから声がかけられた。

―尾島《おじま》さま、あそこは「舞台《ぶたい》」でございます。

―ブ・タ・イ⁉

(舞台と申すと、そのぅ、芝居小屋のものであろう?)

又四郎は、くわっと目を見開いて、その明るい下のあたりを睨《ねめ》つけてやった。

(なるほど。あれなるところは、芝居小屋の舞台であるな)

―いや、た、たしかに――

ふりむくと、暗がりの中だが、舞の白い顔が夕顔の花のようにぽうとともっていた。

—舞台《ぶたい》でござった——舞どの……。

—そしてここは、京の南座《みなみざ》でございます。

—キョーノミナミザ？

異国《いこく》の言葉のように奇妙《きみょう》な音で、なぞり、繰返《くりかえ》していた。

—左様《さよう》。

今度は左側で年寄《としよ》りのしぶい声がした。

—ここは大向《おおむこ》う——というても、そのぅ、三階じゃから、舞台から高うて、離《はな》れておるでのう……。

—オオムコウ？　サンガイ？

奇妙な声をあげ続ける又四郎をおさえるように、舞のしいいっっ……という低声《こごえ》が二人の口を封《ふう》じた。するといきなり、舞台からの声が、まっすぐに立ちのぼってきた。

――わたせ、わたせェ！　ええい！

野太い声をあげているのは、世にも奇妙で派手《はで》な装束《しょうぞく》をつけた大柄《おおがら》な男――というよりも、生き物――と、又四郎には見えた。それが迫《せま》っているらしい――のである。

じったんばったんがあって、その魔性《ましょう》の者――と、今は又四郎にも理解できた奴《やつ》が、きらきらと光る刀をしっかと手にすると、驚《おどろ》いたことに宙《ちゅう》に舞《ま》い上がり始めたではないか。

――こ、こちらにむかってきますぞ。

声は押《お》し殺したものの、又四郎は両側のお二人に思わず警戒《けいかい》を呼《よ》びかけたところ、また舞の声が、

――しいいっっ……。

と、しずめてくれた。

（左様、あれはお芝居《しばい》、でござった、な……）

又四郎も自分をおさえるように自分にそう言い聞かせ、さて舞どののように目の前

——いや目の下のお芝居《しばい》を見物するとしようか——という気構《きがま》えになったとき、さっき、宙《ちゅう》に舞《ま》い上がった異形《いぎょう》の生き物がぐぐうん——と自分たちのほうにむかって舞い迫《せま》ってくる姿《すがた》が、いやでも目に入ってきた。おまけに、そいつが、いつのまにやら左手に、あでやかな着物姿の女人《にょにん》をしっかと抱《かか》えておるではないか。

—ややや、やつは……。

押《お》し殺したものの、やはり声をあげながら又四郎は、思わず左手を刀のつばにかけ、右手で柄《つか》をつかもうとしていた。

すると今度は、思いもかけずうしろから声が呼《よ》びかけた。

—又四郎どの。あれはお芝居。お芝居でござる。お二人して宙乗《ちゅうの》りをつとめておられるのでござる。

—チューノリィ?

声をあげながらも、又四郎はそのことを自分にささやいてくれた声の主《ぬし》が、あの大木新太郎《しんたろう》であることに気づいていた。

（いったいもうどうなっておるのか！）

何故《なにゆえ》この四人がこんなところに集《つど》っておるのだ？　どうやってここに来ることができたのだ？　そしてほかの三人は、どうしてまたのうのうと芝居《しばい》を観《み》てなんぞいられるのだ？

又四郎は思わず頭を抱《かか》えこんでしまった。その横を、宙乗《ちゅうの》りを相《あい》つとめましたる二人が、のンのンのン……と奥《おく》の揚幕《あげまく》に入っていった――かどうか、又四郎にはもう何も目に入らなくなっていた。夢中《むちゅう》で右腕《みぎうで》をのばし、ふたたび暗闇《くらやみ》になったあたりにいるはずの舞の手をまさぐっていたが――そこはみごとにからっぽ、であった。

2

―本日ハ三月花形歌舞伎《かぶき》「霧太郎天狗《きりたろうてんぐ》ノサカモリ」ヲゴランイタダキマシテアリガトウゾンジマシタァ……。

頭の上のスピーカーからアナウンスの声が降《ふ》ってくる中を、四人は小さくかたまって薄暗《うすぐら》い階段《かいだん》をおりている。前後左右にあふれる見物のお客の群れが着ているものも頭のようすも、これまた見かけぬ〝異形《いぎょう》〟のものに見えて、又四郎《またしろう》はどぎまぎしていたが、あとの三人は何ということもない顔で、連中と押《お》しつ押されつしながら階段をおりている。

又四郎や新太郎《しんたろう》の髷《まげ》やら着ているものにも、何の違和感《いわかん》も抱《いだ》かぬらしい顔のお客の群れが、口々に橋之助《はしのすけ》ハンがとか勘太郎《かんたろう》ハンがとか彌太郎《やたろう》ハンが――とか、これは又四郎にも馴染《なじ》みやすい名を嬉《うれ》し気《げ》に並《なら》べながらしゃべっているのにも、又四郎一人が首をかしげている。

そのまま、わけがわからぬままに外へ押し出されると、あたりはもう夜の色なのに、何やらまぶしかった。心《しん》の臓《ぞう》がおかしくなるような音をたてて何やらわからぬものが走りすぎていくのに、四人のまわりの人はみな、相変《あいかわ》らずおっとりのそのそと歩いているばかり――に思える。

又四郎が、ひょいと目をあげると、「俵屋吉富《たわらやよしとみ》」という屋号の文字がとびこんだ。

―これを右に曲るのじゃ。

しぶい声が低く言い、四人はつるりと人ごみを抜《ぬ》け出て右へ曲っていた。又四郎がまた目をあげると、今度は「花吉兆《はなきっちょう》」という文字がとびこんできた。

(なんだかめでたそうな屋号よな……)

とだけわかって、又四郎は三人のあとに続くかっこうでその店に入っていった。

四人の風変りな風体《ふうてい》にもかかわらず、若《わか》い仲居《なかい》さんのような女性《ひと》は、いらっしゃいませ――と、元気よく声をあげていた。店内にいるお客たちの何人かが四人にちらと目をやったものの、何事もなかったかのようにかわりなしでいることに、かえって又四郎のほうが落着かない。

―南座《みなみざ》の隣《とな》りですもの、このような衣装《いしょう》をつけたまンまの役者さんがよくいらっしゃるのでしょうよ。

舞《まい》が、又四郎のためのように〝説明〟してくれた。

（それならわかりまする）

又四郎も初めてほっと顔をゆるめ、三人について案内された部屋に入った。注文をとりにこられると、

――夜の席にはちと申しわけないが、芝居弁当《しばいべんとう》をお願い申し――ます。いやあ、急にそれが無性《むしょう》に食べたくなりましてなあ……。

と、しぶい声が頼《たの》んだ。仲居さんは、四人を見渡《みわた》し、お疲《つか》れさまでございました。はい、お弁当で小腹《こばら》をおさえられて、改めて祇園《ぎおん》あたりにお繰出《くりだ》しどすんやろなあ……と勝手にきめて引下がってくれた。

――おかしなおじいさま。

舞が、ほんとにおかしそうに言った。

――せっかくお馴染《なじ》みになったおいしいお店があるというのに、わざわざ夜に芝居弁当なんか……。

――いやまあ、食べる食べたいというのは、こういうもんなんじゃ。

おじいさまは、少し照れながら弁明した。

又四郎も腹《はら》をくくることにした。いったいどういう仕掛《しか》けでここにこういうふうにして座《すわ》ることになったかは――もう忘《わす》れることにした。舞どのが一緒《いっしょ》におられるだけでよいではないか、うむ……。

(もっとも、新太郎のやつは少しばかり目ざわりにせよ――まあ、こちらのほうが後《あと》口《くち》だものな……)

舞とのことなのである。自認《じにん》している。

―ところで。先ほど舞どのは、さきの場を「キョウノミナミザ」と申されましたが……。

又四郎が改まったように切りだした。それはやはり確かめておかねば――と思いおこしてのことであった。

―ミナミザというのは芝居《しばい》小屋の名でありましょうが、キョウノ――と申されるのは?

—文字どおり、キョウノというのは、「京の」ということです。

舞は、しゃきしゃきと答えてくれた。

—キョウと申されるのは、「江戸・京」の京でござるか。

舞は明るい目でこくりとうなずいた。京に馴染《なじ》んでいるから明るい目でうなずくのだ——と、又四郎は察した。だがいったい、あの城下町《じょうかまち》からどうやって舞どのは、京のような遠くの町へ出かけられ、それも、馴染むくらい出かけられていたものか？

もっとも、聞くところによれば、新太郎は江戸詰《えどづめ》で何年かをお江戸ですごしておった由《よし》。といっても舞どのが〝京詰《きょうづめ》〟などという話は噂《うわさ》にでも聞いたことがないぞ……。ここはひとつ新太郎に訊《き》くとするか。

又四郎は矛先《ほこさき》を転じた。

—新太郎どのは舞どのの京通いのこと、ご存知《ぞんじ》でありましたか。

—と、申されても。こちら、江戸詰のあいだのことならば存じあげぬわけで。

新太郎も、お返しのようによそよそしく答えていた。

—と申される新太郎どのも、ここが京の料亭《りょうてい》であってもそのようにゆるりと構えておられるのは、京にお馴《な》れのゆえか。それとも江戸で修業されてのことか、な?

—〝料亭に修業〟と申されるならば、それは板前の者の話になりましょう。

新太郎が小さく切返した。

—ふうむ。ならば舞どののもそのあいだに京に修業がてら通われたということもあるわけでしょうかな?

—あらま。

舞は、わざとはしたない声をあげて割《わ》って入ることにした。

—お料理のことなら、わざわざ京にまで出かけることはありませんでしょう?

二人の若侍《わかざむらい》は、思わず顔を見合わせていた。舞のことなのに、舞を置去《おきざ》りにして話していた自分らのことに気づいたせいか。

—地元の方には、何といっても京の料理などよりも郷土料理ではありませんでしょうか。それならば新吉《しんきち》がいろいろと工夫もしてくれておりまして。

——ふううっ……。
二人が揃《そろ》ってため息をついたとき、芝居弁当《しばいべんとう》とやらが運ばれてきた。
——ま、きれえ。
舞が声をあげた。
——さすがは京よ、な。
と、おじいさまも小さく声をあげた。
——きれい、うまいはどこでも喜ばれようなあ、舞……。
——それはもう……。
舞も素直に応じた。二人は大切な箱をそっとあけるように、弁当の蓋《ふた》を取っていた。
花が咲《さ》いたような弁当であった。
——これは当りよのう……。
おじいさまは傍《かたわ》らの二人の若侍《わかざむらい》などいない顔と声になっている。御満悦《ごまんえつ》だった。
新太郎は、懐《ふところ》からつと紙を取出し、どこやらからか矢立《やたて》と小筆を取出していた。

―これを使われますか。

舞に訊《き》いていた。

―お江戸仕込《えどじこ》みの心くばりよ、ね。

舞が訊いていた。

又四郎は、いささかあわてた。新太郎に一本取られているではないか。

―まずゆるりと味おうてからのことではありませぬか。

又四郎は、またたいそうていねいな言葉づかいになっている。

おじいさまは、そんな三人のやりとりは耳でたのしみ、口では芝居《しばい》弁当の味をゆるゆるとたのしんでいた。

―色やかたちはあちらのお店よりもきれいで派手《はで》ですけど、お味のほうは……。

舞はひとりごとでも言うようにつぶやきながら一品《ひとしな》ずつゆっくりと食べている。

―いただきまする。

新太郎が声をあげてから箸《はし》を取上げた。

又四郎も負けじと箸《はし》を手に、弁当をつるりと見渡《みわた》した。どれから手をつければ——はしたなくなく見えるものなのかな？　ふうむ……。

舞どのの手前。まず、それが頭にあった。

お蔵方《くらかた》五人衆が見たら大笑《おおわら》いするような、又四郎の神妙《しんみょう》ぶりであった。それなりに一方の新太郎の箸には、迷《まよ》いがなかった。一つ、また一つと、すらりとつまんで口に運び、ゆるりと味わう口の動きが、又四郎にもよくわかった。

（ふうむ、お江戸仕込みよ、な……）

（かくなるうえは、作法《さほう》やら見栄《みえ》をはるやらとかいうことより、味の確かめよ、な……）

又四郎は、自分の舌《した》に賭《か》けることにした。

口の中に〝えいやっ！〟と気合いをかけてやってから、弁当の端《はし》から次々に箸《はし》をつけていった。片《かた》っ端《ぱし》から——というつもりであった。早食いながら、一つ一つを味わい、比べていくつもりでいた。しかし、一つ一つは手早く、しかしそれなりに味わっていたつもりが、どれもこれも同じに「うまい」のである。いや、初めての味だからそうなのか？

薄味《うすあじ》というか、はじめは「おや」というほど頼《たよ》りない味なのに、一つ一つの素材の、元々の味を残しいかした味つけになっていることが、又四郎にもわかるのである。

（これは厄介《やっかい》よ、な）

迷《まよ》い箸《ばし》とは逆に、とんとんとん——というぐあいに次々に食べていって、それがどれもこれも同じくらいに、それがまたちがったふうにおいしいことに気づくと、又四郎は箸を止めてしまった。ふうむ……ううむ……。

そこで新太郎のほうをちらと見やると、又四郎同様、迷うことなく次々と箸をつけていたのに、うまそうな目になっては次に移っている。

又四郎は、そいつを見て少しずつあせってきた。

ここはひとつ、いいところを見せねば——と小さく構え、残ったやつをちらりと見直した。

笹《ささ》の葉にくるんだようなものが二つ、片隅《かたすみ》に入っている。

そいつを「ほほう……」という顔で手に取り、ゆっくりとむいてやると――もちのようなもの（ようなもの――としか、又四郎には見えなかった）があらわれた。

箸《はし》でちょいとつまんでみる。

ぶにゅりくにゅりとしておって、つかまえどころがないやつだ。そいつが生麩《なまふ》でできた「麩《ふ》まんじゅう」というものであることなど、又四郎が知っているわけがない。

とにかく箸にてつまみ候《そうろう》――といったぐあいで持ちあげ、口にほうりこんだ。ぐなり――とくる。噛《か》んでも切れない、噛み直すと歯にくっついてくる。しかも中からは、どうやら餡《あん》こらしいものがじんわりと出てくるのだ。生麩というやつは、昔はきまって大の男が足で踏《ふ》んで踏んでつくるものだったから、とにかくそのコシの強いこと、強いこと……。そんなことなどとんと知らなかった――又四郎は、ひたすら格闘《かくとう》していた。とにもかくにも、こやつを噛み切り飲みこむことが先決になってきていた。

そんな又四郎の独《ひと》り相撲《ずもう》など、とんと気づかないあとの三人は、弁当の中味をことごとくたいらげ、デザートがわりに麩《ふ》まんじゅうもつるりと飲みこむように食べ終えてしまうと、まず、おじいさまが立ち、続いて舞が、

——「夜の部」で宙乗《ちゅうの》りのところ、も一度観《み》てもいいでしょ……。

と、そのうしろから声をかけて立ち上がっていた。

——ならば、お供《とも》いたしましょう。

新太郎のやつが嬉《うれ》し気《げ》に言って続いて立つのを、へどもどしながら（麩まんじゅうとの格闘《かくとう》である）又四郎は見やっているしかなかった。

——じきにまた戻《もど》って参る。

おじいさまは、そんな又四郎に、それでも声をかけてくれた。

お待ち申しております——と答えたつもりだったが、その又四郎の返事も待たず、三人は立っていった。

そこへお運びの女性《ひと》がお茶を持ってあらわれ「あれ、お連れさまは？」と真顔で訊《き》

いた。又四郎は、ようやく飲みこんだ麩《ふ》まんじゅうの後味を味わうどころか、

—いや、お三人はミナミザへ戻《もど》られましたので……。

と、答えるのが精一杯《せいいっぱい》であった。

—ほな、お一人でぼちぼちお飲みやすゥ……。ごゆっくりィ……。

と明るい声を残して踵《くびす》を返すと、折返《おりかえ》し酒の用意一式を持って戻ってき、それをでんと又四郎の前に置いた。

ええいままよ——と、又四郎は開き直るしかなかった。

—うちのお店からお隣《とな》りまでは続いとるんどす。またそこからお戻りどすやろ。その女性《ひと》はこともな気《げ》にそう説明してくれ、ま、おひとつぅ……と酒をついでくれた。

又四郎はかしこまってそれを受けながら、生まれて初めて見た宙乗《ちゅうの》りの二人を、新太郎と舞に見立ててそんな自分に腹《はら》をたて、ぐいぐい酒をあおっていた。

第八章・又四郎の疑問

1

(……いやいや。酒と眠《ねむ》りと申すものは、人を思いもかけぬところに連れゆき、思いもかけぬものを見せてくれるものでな……)

どこか聞き覚えのある声が、又四郎《またしろう》の耳許《みみもと》のあたりで蜂《はち》の羽音のようにささやくのがわかる。しかし、ただいまのところは、その酒と眠りのおかげで、又四郎はぼうとした暗闇《くらやみ》の中に浮《う》かんでおり、その酒と眠りの力で、ここがどこであるかもわからずにいた。

ところが、その声の静かでおだやかな「気」が、そんな又四郎のことをゆるゆると目覚めさせてくれたものか、――又四郎は薄目《うすめ》をあけていた。

何やらほうっとする香《かお》りが鼻のあたりにたちのぼってきた。鼻のほうが勝手に動いてくれて、又四郎は鼻から目覚めていた。

又四郎の鼻が嗅《か》ぎあてたのは、香ばしいお茶の香りであった。そのかすかな湯気《ゆげ》のぬくもりまで鼻が感じとったとき、又四郎ははっきり目を覚ましていた。

薄暗《うすぐら》くて広い〝空間〟がまわりにひろがっている。目だけ動かして上・下・左・右……と眺《なが》めやる。薄明りの中に、まわりのものが少しずつ見えてき始める。

何本もの柱、白い壁《かべ》、ずっと上の小さな天窓《てんまど》、その下にひろがる吹《ふ》き抜《ぬ》け……。

(ただの家ではあるまい……)

又四郎はいぶかった。はて、自分が腰《こし》かけているのは――床机《しょうぎ》か。いやいや、それならば家の中にはあるまい、これは椅子《いす》というもの……と自分に言い聞かせていた。

そして目の前には付《つ》け台《だい》が――(又四郎はむろん〝カウンター〟などという言葉を知るわけがない)ずずいとのびていた。

(「まい」ではないぞ)

と、これははっきりとわかる。

(しかしながら、同じ匂《にお》いがするぞ……)

それにしたら静かである。人の気配がないのだ。

ふうむ……。腕組《うでぐ》みした又四郎は、頭上に何やら気配を感じ、まず目ン玉だけ動かして上を見やった。

—や、ややっ!

思わず声をあげていた。

頭上の吹《ふ》き抜《ぬ》けに、人の姿《すがた》が三つも浮《う》かんでいるではないか。又四郎は立ち上がり、うしろの壁《かべ》に身を寄せた。あのままだと、三人のうち誰《だれ》かが自分の頭上に降《ふ》ってくるではないか。

又四郎は思いきって顔をあげ、降ってくる三人の姿を確かめようとして——ややや、や! とまた声をあげていた。

頭上の天窓《てんまど》(らしい)の薄明《うすあか》りがぼんやり見せてくれたのは——

（あ、あれは舞《まい》どの！）

（それに、あいつは新太郎《しんたろう》――ではないか！）

蔭《かげ》になっているもう一人のことよりも、その二人の姿《すがた》をみとめると、又四郎は思わず叫《さけ》んでいた。

――宙乗《ちゅうの》りでござる――か！　お二人して……。

すると、舞とおぼしき姿の者が、ほほほ、とかろやかに笑《わら》い、

――舞いおりてきているだけです……よ。

――左様《さよう》でござる。

と、新太郎もほざき、蔭になっていた舞どののおじいさまと揃《そろ》って、とかとか、とん……と椅子《いす》に腰《こし》をおろしていた。又四郎は三人に囲まれるようにして、そのまん中にいそいで腰をおろしていた。右が舞、左が新太郎であった。

訊《き》きたいことがこみあげてきて言葉にならず、又四郎が口をもごもごしていると、

――ようこそ。またいらっしゃいませ。

男の声がして、白頭巾《しろずきん》をかぶった若《わか》い男が四人の前に立っていた。

(何者⁉)

と、身構《みがま》える又四郎にかまわず、男は会釈《えしゃく》だけ残して、うしろの幕《まく》の奥《おく》に消えた。

又四郎は、それを「のれん」とは思わず、幕だと見ている。南座《みなみざ》のようすがまだ消えていないのである。花道の奥にあったあの幕……。

—まずは茶をいただき……。

と、おじいさまの声がして、両横の二人が茶碗《ちゃわん》を持ちあげるのが見え、又四郎もつられて同じようにしていた。

四人が飲み終わるのと入れ替《か》わりのように、さきの男が手早く四人の前に皿を置いた。

小《こ》ぶりながら美しい魚が、つと頭をあげて横たわっている。

—鮎《あゆ》の背越《せご》しふう、でございます。

おろし胡瓜《きゅうり》を敷《し》いた上に輪切りのもの千切りのものを置き、鮎はその上に——その香《かお》りの上にのっているが、そんなところまで見える又四郎ではない。早速《さっそく》に箸《はし》をつける横の三人を見て、見よう見まねで箸を動かすしかない。

それでも口に入れた鮎《あゆ》の身は、

（う、うまい！）

と感じていた。そして、

（こ、これははたして夢《ゆめ》かうつつか……？）

と、またいぶかっていた。

舞に訊《き》くのは、こっぱずかしいし、新太郎に訊くのは業腹《ごうはら》だった。いまいましいのである……。

（こういう気もちの生々しさは――夢ではあるまいに……）

戸惑《とまど》いながら、食べるのを立ち止まっていると、両側の二人は、さっさとたいらげている。又四郎もつられて続きを食べ始めた。

――……いいお味でございました……。

ふたたび四人の前に立った若《わか》い男に、舞が言うのが聞こえる。又四郎はいそいで残りをたいらげる。それを待っていたように、男は四人の皿をついついと持ち去り、かわりに黒平椀《くろひらわん》を四つ運んでくる。それは又四郎にも「何者か」わかった。ソーメンの上に茄子《なす》がうつむけにのっている——ぞ。ふん……。

—茄子のオランダ煮《に》でございます。

ほう……と、おじいさまが小さく声をあげ、早速《さっそく》に箸《はし》をつけている。

又四郎は大いそぎで、うつぶせになった茄子《なす》の切身を頬張《ほおば》ってやる。ひい、ふう、みい、よォ……。

(今度は負けまいぞ……)

腹《はら》ぺこの金魚さながらの勢いで頬張り飲みこもうとして、むせてしまった。

——……こ、これは……失……礼……つかま……つっ……た。

ようやく詫《わ》び終わって顔をあげると——横には誰《だれ》もいない。

ほの明るい部屋に、又四郎は座《すわ》っており、涙目《なみだめ》がおさまって、見回したところ、又四郎のまわりで一緒《いっしょ》にやっているのは、御蔵方《おくらかた》五人衆――ではないか。

(ならば、ここは「まい」……。はてさて、先ほどまでの――)

あの、すっきりとろりひっそりとした店のようすを思い浮《う》かべて、又四郎は咳《せ》きこんでいた。いやはや、あれはいったい？ そしてここは？ いかがいたした――と申すのだ……。


―お目覚めでございますか。

そんな又四郎の背後《はいご》から、舞のおっとりした声が静かに呼《よ》びかけていた。

―いや、何、やすんでなぞは……おらぬ……が……。

又四郎は小さな目まいを覚え、頭の中をゆるゆる回るいろんなものや人や場所の姿《すがた》を追っぱらおうと、ぎゅっと目をつむった。

(いやいや。酒と眠《ねむ》りと申すものは、人を思いもかけぬところに連れゆき、思いもかけぬものを見せてくれるものでな……)

どこかで聞いた文句が、小さな歌声のように頭の奥《おく》で鳴るのがわかる。又四郎は、両手で耳を押《お》さえ、ひいふうみい――と呼吸《こきゅう》してから、ゆっくりと目をあけた。

2

又四郎《またしろう》は仲間の御蔵方《おくらかた》五人衆と一緒《いっしょ》に「まい」からの戻《もど》り道を歩いている。

――またどうぞォ……。

舞《まい》がかけてくれた言葉が胡蝶《こちょう》のように耳許《みみもと》を小さく舞うのだけを頼《たよ》りに、又四郎はせいぜい陽気にふるまいながら、いつもの小橋を渡《わた》っていた。

そのとき、前の五人の間を、それこそあの鮎《あゆ》のように、ついついと泳ぐように小橋を逆にあちらへ渡るやつがいた。そいつは上手に泳ぎ抜《ぬ》け、とっととあちらへ歩いていくではないか。その後姿《うしろすがた》はまぎれもなく――

――新太郎《しんたろう》――どの！

思わずわれにかえって、又四郎は呼《よ》びかけていた。人違《ひとちが》いではない。なのに鮎《あゆ》――いや新太郎のやつは、知らんぷりでずんずん遠ざかっていく。それも「まい」のほうへ……。

又四郎は思わず懐《ふところ》に手を入れると、いつもそこに大事に持ち歩いているものをつかみ出し、石礫《いしつぶて》よろしく、小さく掛声《かけごえ》までかけて、遠ざかるその人影《ひとかげ》にむかって投げつけていた。

そのもの――玉簪《たまかんざし》は、小さく音を引いてその人影――新太郎の背《せ》に突《つ》きささる――はずなのに、ついと身をかわした新太郎がひょいとのばしたように見える左手に、つかみ取られていたのである。

(な、な、なんと!)

そのあざやかさに思わずあげそうになった声を、又四郎は噛《か》みしめ噛み殺した。ふん、誰《だれ》が驚《おどろ》いてなんかやるものかい……。

すると、新太郎は、なんと、そいつを手にしたまま、すたすたとこちらに戻《もど》ってくるではないか。

又四郎は五人の仲間を押《お》しのけるようにして、二歩三歩前に歩み出た。あれが玉《たま》簪《かんざし》であるなどと、仲間には知られたくなかった。知られて昔の道場仲間の耳に入ることも、避《さ》けたかった。新太郎が何か言う前に、なんとかそいつを受取りたかった。

二人は橋の袂《たもと》のあたりでむかい合うかっこうになった。新太郎は玉簪をすいと差出すと、

—大切なものではござらぬのか。

低声《こごえ》で言うと、そっと返してくれた。

又四郎は、新太郎のそんな態度にのまれ、位負《くらいま》けしていた。「失礼つかまつった」とも、「かたじけのうござる」とも言えず、黙《だま》って受取った玉簪《たまかんざし》を、また元の懐《ふところ》に手早くおさめていた。

新太郎は、それきりふりむきもせず、とっとと元来た道を「まい」に戻《もど》っていく。

(むむう……)

又四郎は踵《くびす》を返して仲間のところに戻《もど》るしかなかった。

—どうなされた？

一人が訊《き》くのに、

—いや、ちぃと知りよる者でな……。

と、又四郎はごまかし、そのまま御蔵方《おくらかた》六人衆の一人として引返していくしかなかった。

又四郎は後髪《うしろがみ》を引かれていた。新太郎とさしで会って、訊《き》きただしたいことがいくらもあった。あれはいったい何であったのか？　はたして新太郎も、そして舞どのも、ましてや舞どののおじいさままでが、本当にあの場にいたものであったのか？

次の辻《つじ》まで来ると、又四郎は立ち止まり、ちぃとばかりこのあたりに用がござるによってと声をあげると、仲間と別れた。今来た道を引返すわけにもいかず、みんなとは反対の道をゆくとみせて——次の辻で大まわりして、あの小橋にむかっていた。新太郎を追い、追いついて、とにかく訊きたかったのだ。

小橋にもその袂《たもと》にも、むろんもう新太郎の姿《すがた》はなかった。又四郎は足を早めて「まい」にいそいだ。

のれんが見える。そのはじっこがちらほらゆれているところを見ると、新太郎はどうやら今しがたのれんを分けて入ったばかりと——見える。

又四郎はそう思いたく、そうあることを望みながら、のれんをはねるようにして店に入った。

奥《おく》から若《わか》い女の声が、いらっしゃいませ！　と声をあげる。そして舞が姿を見せて——くれた。

—おいでなさいまし……やはり……。

—やはり——とな？

つい声を大きくして又四郎は繰返《くりかえ》していた。

—それはもう、あのようなことがございましたもの。

舞はあっさりと、あちらでの出来事をみとめる言葉を口にした。

—やはり、あれはまことでござったか。

又四郎は、少しかたまってしまいながら言った。舞の答えを待って固唾《かたず》を飲んだ。

その口の中に、あのときのあの鮎《あゆ》の背越《せご》しの味と胡瓜《きゅうり》の香《かお》りがよみがえってくる。

舞は又四郎の問いかけには答えず、

—奥《おく》で新太郎さまがお待ちでございます。

と言った。

自分がここまで新太郎を追ってくることを読まれておったか……。又四郎は、身をひきしめた。ふうむ……。

—ちと、礼を申したいことがあって……。

と、舞には言った。

—それに、おたずねになりたいこともおありでございましょう?

と、舞が言った。

――……いかにも。うほん……。

又四郎は小さく咳《せ》きこみながら、舞について奥の小座敷《こざしき》に入った。

新太郎は正座《せいざ》して迎《むか》えてくれた。

――先ほどは失礼つかまつった。

又四郎もきちんと座《すわ》って、ちゃんと詫《わ》びた。

――も少しで袂《たもと》を縫《ぬ》われるところでした。

新太郎は、あっさり言った。

――いやいや、あれを素手《すで》で取られるとは……。

又四郎は正直に新太郎の業《わざ》をほめた。

――いや、みごとな造りのものでした。

新太郎はまたそうも言い、又四郎はあんなとき、瞬時《しゅんじ》にそこを見てとった新太郎の目の確かさにも舌《した》をまいていた。

――重ね重ね恐《おそ》れいります。

また正直に詫《わ》びも兼《か》ねて言った。あの腕前《うでまえ》ならば、気合いをこめて投げ返されたら危《あぶ》ないところであった——と、今更《いまさら》ながらに首をすくめてのこと。

それきり新太郎はもうそのことにはふれずに、又四郎に席をすすめた。上座《かみざ》に迎《むか》える気らしかった。いやいや——と手をふって、又四郎は下座についた。

—それでは——

と、新太郎も又四郎の横に並《なら》び、

—このようにしてあの方をお待ちいたしますか。

と、たずねる。

あの方——というのが、舞どののおじいさまだとはわかってはいながら、それならば上座が当然——とかしこまった又四郎であったが、新太郎のほうは、

—しかしながら、これぱっかりはあちらのお気もち次第《しだい》で……。

と、又四郎にはわかりにくいことをつぶやいた。上座をつくってお待ちしようというのなら、おいでになるのはわかってのことだろうに……。

そこへ舞が「付き出し」を持ってあらわれ、からっぽの上座をちらと見やると、

—今夜、ここへまいりましょうか。

と、半《なか》ばおかしそうな目になってつぶやいた。

—何しろこの混《こ》みようですもの……。

又四郎が胸《むね》の奥《おく》ではて、、——と、戸惑《とまど》っている。あのときは、あんなに大勢の見も知らぬ人々のただなかで平然としておられたではないか。しかも「京」などという見も知らぬところの見も知らぬ店で……。

又四郎は新太郎と舞をまじまじと見やった。二人はそんな又四郎はおいて、店のようすが気になるようだ。店全体がお客たちのさんざめきで息づいている感じがあった。生気があふれている感じなのだ。その気配は又四郎をもゆっくりと包んでいる。

(あのときの京の店は、こうではなかった)

(それにまた、あのときの南座《みなみざ》もまた、こうではなかった……)

又四郎は思いおこしながら顔をしかめた。

（あのときにいった所も、出会うた人らもみな、うつつのものではなかったのか？

まさか……？）

（いやいや、夢《ゆめ》にしては、音もかたちもはっきりしすぎであったし、だいいちあのときの味が……）

まだのどの奥《おく》に残っているぞと、そっとのどのあたりを押《お》さえたとき、舞が料理を運んできて襖《ふすま》を引いた。

3

二人前しか、持ってきていなかった。

今夜はあの方がこの席においでになるのは無理だと、舞《まい》が判断してのこと――と、新太郎《しんたろう》はすぐ納得《なっとく》し、

――よろしければ舞どのもそちらにお座《すわ》りいただき、少しばかりおつきあいいただけ

ぬものでしょうか。

と、改まった口ぶりで声をかけていた。

又四郎《またしろう》は、しゃっちょこばってしまった。

（舞どのの前でこの男とふたありで――だと⁉　それはないではないか）

と言いたかったのだ。

（舞どのに対して申すことは、われら二人とも同じではないか。ならば、この場で、舞どのに返答を迫《せま》ることになろうに……）

又四郎はすっかりあせってしまった。

あの方がどこにおいでかわかれば、ただちにお伺《うかが》いし、手を引っぱってでもこの場においで願いたいものよ……と、思っていた。

――……まだ手が離《はな》せませんので……。

舞が店の仕事を理由に断ってくれたのが、又四郎には有難《ありがた》かった。

――とにかくお仕事第一でござる。

と、又四郎は二人にむかって分別顔《ふんべつがお》で言っていた。「時」を稼《かせ》ぐのだ。そして舞どのにあの方のおられる所を訊《き》きだすことだ……。

そう訊かれて舞が、おじいさまが今おられる場所を言ったりしたら、又四郎は目を白黒させるにちがいない。

何をたわけたことを申さるるか——と、大声をあげるにちがいない——の思いで、新太郎は横目で又四郎のことを見ている。

舞が立って奥《おく》に姿《すがた》を消したあと、新太郎は、

—それでは、とにもかくにも一杯《いっぱい》いただきましょうか。

と、又四郎の盃《さかずき》に酒をついでくれた。

—ゆるりと飲み、ゆるりと待てば海路の日和《ひより》とやら……。

又四郎は自分でもよくわからぬことを口にしながら、やり始めた。

そのとき、おじいさまは、そんな二人の若者《わかもの》の上で寝《ね》そべりながら、下の話を聞い

ていた。ま、ここはわしが出ぬほうが、本音が聞けるかもな……と、多少面白がっているところがあった。

(大事な舞のために、よくよく見極《みきわ》めねばの……)

という気もちがあったのだ。

二人にされた二人は、どちらも舞のことにふれるのを避《さ》けていた。そこのところは新太郎のほうは世間知らずなところがあったがために、又四郎のほうは、うっかり決めることになってしもうたら——という怖《おそ》れがあるためのゆえにだったが。

あたりさわりのない話がぽつりぽつり続くと、酒の量ばかりがふえて、二人とも、ぼうとなり始めていた。

すると、頭の上に誰《だれ》かがいる気配を感じることができるようになってきた。二人とも、誰かに見られ、聞かれている感じがしてきて言葉少なになり、急速にまた酒がまわり始めた。

舞が、次の料理を運んで入ってくると、そんなふたりのようすの変化に、すぐ気づいた。目をあげて、上に寝《ね》そべっているおじいさまを見てとると、怖《こわ》い目になってにらんだ。

おじいさまは閉口《へいこう》して、すぐに姿《すがた》を消した。わたしのことでしょ、わたしに任せて
——という目でにらまれるのが、おじいさまは苦手だったのだ。自分がおいしいものを食べたくてこちらへいらっしゃるのはよろしいですけど、わたしのことはほうっておいて下さいまし——と、舞は、仏壇《ぶつだん》でよくおじいさまに申上げてきた。それなのに、おじいさまったらもう……の目なのである。

舞の、少し哀し気《かなげ》で少し怒《おこ》ったような目を見て、新太郎と又四郎は顔を見合わせ、酔《よ》いもいちどきに醒《さ》めた顔になって座《すわ》り直していた。

舞もそれに気づくと、女将《おかみ》の声になって、

—ま、どうぞごゆるりと……。

とつぶやいて、奥《おく》へ引っこんでしまった。

二人きりにされると、二人とも何か恐《おそ》ろしいものでも見る目になって相手のことを

眺《なが》めやり、そのとき二人ともその背後《はいご》に、京へ続くらしい暗い道をひょいと目にしていた。

どこかで竹刀《しない》が倒《たお》れたような音がした。二人は何故《なぜ》ともなくまた顔を見合わせ、次の音――に、聞き耳をたてていた。

第九章・奇妙な時間

1

そんな二人の耳に「聞いてくれい」とばかりにまた一つ、かろやかな音を響《ひび》かせて竹刀《しない》が倒《たお》れる音がした。あきらかにさっきのとはちがう音だった。

それから、二つの音はからまりあって、二人の耳には「こちらでござーる」というようにとびこんできた。呼《よ》んでいた。

二人とも同時に腰《こし》を浮《う》かし、土間《どま》にとびおり外へ駆《か》けだしていた。新太郎《しんたろう》は礼儀《れいぎ》正しく後手《うしろで》で「まい」の戸口をちゃんと閉《し》めていた。その分、又四郎《またしろう》には遅《おく》れをとったが、じきに追いついた。

竹刀は二本とも、まるでけんけん跳《と》びでもしているように器用に跳びはね遠ざかっていく。

—怪《あや》しき奴《やつ》らめ！

又四郎は毒《どく》づきながら追いかけ、新太郎は、

（怪しいにきまっておりましょうが。世にあのような竹刀がございますするか？）

という目で、又四郎のことをちらちら見やりながら追っていた。

二本の竹刀はあっというまにあの小橋も跳《と》び渡《わた》り、少し先で左へ折《お》れた。二人とも見失うまいぞ——と追いかける。

そして二人は、揃《そろ》って立ち止まった。

なんと、二本の竹刀の前には、まるでその二本を引き連れているかのような男の後姿《うしろすがた》があったからだ。

—怪しき奴めが！

又四郎は今度はその男の背《せ》にむかって毒づき、新太郎は一気に足を早めて男の横に並《なら》び、その横顔をにらみつけていた。

男は二人の足音にも気配にも気づいているはずなのに、知らんぷりで更《さら》に足を早め続ける。負けじと二人も足を早める。

又四郎と新太郎二人して、男を両脇《りょうわき》からはさむようなかっこうで走ることになり、いつのまにやら、うしろの竹刀《しない》めらは消えていた。

―や・や・や！

二人はそれに気づいて思わず揃《そろ》って声をあげ、男はそこで初めて立ち止まると、

―何かございましたか？

と、落着いた声で訊《き》いた。

―何かだと！　あの竹刀の奴《やつ》ばらに気づかなかったと申すか。

又四郎はせっかちに詰《つ》めより、新太郎は、そんな二人のことを半歩さがってじっと見つめている。

男は、そんな新太郎のようすを見ると、

―竹刀の奴ばら――とおっしゃいますと？

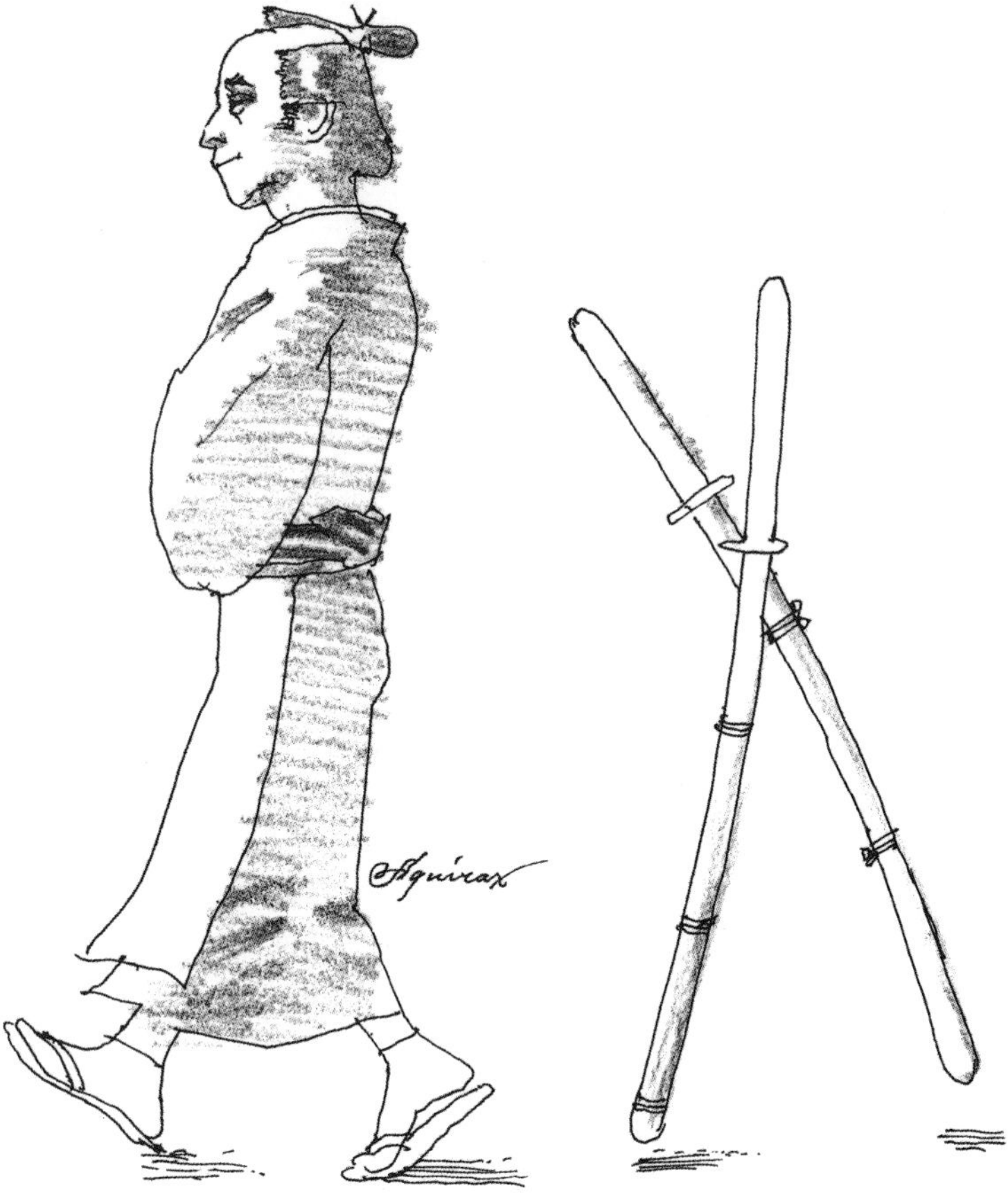
Aquirax

と、とぼけた声で言う。

新太郎は言葉に詰《つ》まった。まさか、竹刀《しない》が二本、おぬしのあとをついて駆《か》けておったのだ——などと言うわけにもいかぬではないか……と思案してしまったからだ。

そんな新太郎の思案顔にちらと目をやってから、その男は軽く会釈《えしゃく》して、

—手前《てまえ》は七蔵《しちぞう》と申しやす。

と、名乗った。どこかで聞いたような気がすると思いながら新太郎も、

—大木新太郎でござる。

と、ちゃんと名乗り、あちらは尾島《おじま》又四郎と申される——と、紹介《しょうかい》した。

—大木様に尾島様、でございますね。

七蔵と名乗った男は繰返《くりかえ》し、

—お二人のお父上様のことは存《ぞん》じあげております。

と、静かにつけ加えた。

—ははあ、父上のことを……。

―なにィ、父上のことを！

二人の反応はそれぞれだったが、七蔵《しちぞう》は聞き流して、

―ここでお目にかかれたのも何かのご縁《えん》、ちょいとおつきあい願えませんでしょうか。

と、訊《き》いた。

―おつきあいと申されると？

―おつきあいだとォ！

二人の反応はまたそれぞれだったが、七蔵は知らんぷりでさっさと歩きだした。二人も遅《おく》れじ――と、ついて歩きだす。

七蔵は足を早めながら町角を曲り、暗がりに入り、家並《やな》みのなくなったあたりを左に折《お》れ右に折れしてから、狭《せま》い下り坂をおりていく。二人は足許《あしもと》に気をつけないと転びかねないところを、懸命《けんめい》についていて歩く。

―どこへいこうとしておるものか。

又四郎が低声《こごえ》で新太郎に訊《き》いた。

――どうやら川のほうにおりていくようでは……。

新太郎はあいまいに返事した。

――この夜に川へとな?

――……。

七蔵が立ち止まり、二人に長いものを差出した。釣竿《つりざお》ではないか――と見てとったのは又四郎のほうで、

――ほう、夜釣《よづ》りでもやれというのか?

と、声をあげていた。

夜釣りなら又四郎の得意芸の一つなのである。新太郎は竿《さお》を片手《かたて》にもじもじしている。こちらは初めてのことで困惑《こんわく》していた。

――左様《さよう》でございます。

七蔵《しちぞう》は今度は又四郎に話しかける。

—少しばかり夜釣《よづ》りでお遊びいただきます。

—そいつは面白い。

又四郎はすっかり機嫌《きげん》を直している。何か知らぬが夜釣りなら、受けてたってやろうじゃないか——という気もちになれるのだ。

月明りの下、又四郎は足場や流れを見渡《みわた》してさっさと自分の場所をきめ、釣竿《つりざお》をさしのべていた。

新太郎も仕方なしに、見よう見まねで、そのあたりに腰《こし》をおとし、へっぴり腰で竿をさしのべた。

七蔵は、そんな二人のようすを面白そうにうしろからうかがっている。

(これはまたおかしげなることになってきおったぞ)

新太郎が思案投げ首といった顔になったとき、

—よおし、そぉれ!

威勢《いせい》のいい声をあげて、又四郎が竿《さお》をあげていた。白いものが月の光にきらめいている。

——お、かなり大きいぞ。これはウグイかな？

（この暗がりの中で、そこまでわかるものなのか？）

新太郎は、ただただ感じいった目になって、そんな又四郎を眺《なが》めやる。

——餌《えさ》だ餌だ！

又四郎は七蔵《しちぞう》に呼《よ》びかけている。

七蔵も素早《すばや》く又四郎のところにいき、何やら手渡《てわた》している。新太郎は、ふうむ……と首をかしげているばかり、又四郎は餌をつけるとまたついつい——と竿《さお》を動かした。

月明りがそんな三人を銀いろに染《そ》めているばかりの、奇妙《きみょう》な夜の続きであった……。

2

誰《だれ》かやらの声に目を覚まし、新太郎《しんたろう》はさっと床《とこ》の上に座《すわ》りこんでいた。一瞬《いっしゅん》のうちに、自分の今いるところが、見知らぬ場——というか他人《ひと》の家の一室だと見てとっていた。

横でぼんやり薄目《うすめ》をあけているのは、又四郎《またしろう》ではないか。

そんな又四郎だったが、気配を察すると、ついと起きあがっていた。先に座り直している新太郎に、（どうなっておるのだ?）また、（ここはどこか?）と目顔で訊《き》いていた。

その答えは、そのとき襖《ふすま》をついとあけて突《つ》き出された顔でわかった。

七蔵《しちぞう》であった。

—よくおやすみでしたかい?

七蔵は、さっぱりした声でたずねた。

こちらの二人は揃《そろ》ってうなずいていた。うなずきながら、昨日《きのう》の夜から今までのことは、やはり夢《ゆめ》ではなかったのだ――とも気づいていた。

これは昨夜《さくや》の「まい」から続いている時の流れの中での出来事なのだ。竹刀《しない》の音がポウン、ポカン、ポカン……とよみがえってきたが、あのときと同じように、すぐに消えてしまった。

七蔵《しちぞう》は消えていなかった。

―それでは朝めし前の一仕事をお願いいたしやしょう。

そう言うと二人に背《せ》をむけた。二人ははじかれたように立ち上がると、七蔵の背のあとについていった。

七蔵が立ち止まった前に大根の山があった。まだしっかり土がついた抜《ぬ》きたてのものである。

(大根がとれる季節に夜釣《よづ》りで魚がかかるものかな?)

どうやら夢《ゆめ》ではなかった〝出来事〟と思いあわせながら、又四郎もさすがに目をむいている。

新太郎は、大根の山の前で立ちすくんでいる。
（こやつらをいったいどうせよと申すのだ？）
―舞《まい》さまのおじいさまもおやりなすった仕事でさあ。さあ、どうなさるかな。
どこやら面白がっているところのある口ぶりで言った七蔵に、
―どうやら、洗《あら》えということらしいが……。
又四郎が、不服気《ふふくげ》につぶやく。
何故《なぜ》そうしなければならぬかはわからぬまま、まだどこやら竹刀の術にかかってい
るような気もちが残っている新太郎は、「舞さまのおじいさま」という言葉に引きず
られて小さくうなずいていた。二人は、すっきりとのびた大根を一本ずつ手にとると、
洗い場に持っていって洗い始めた。若《わか》いせいか威勢《いせい》がいい――というより、力まかせ
のやりかただった。
七蔵がちょいと怖《こわ》い声を出した。
―それじゃあ、でえこがかわいそうだ。

二人とも、(ではいかがいたせばよいのか?)といった顔で七蔵をふりむいた。

七蔵《しちぞう》はちらと笑《わら》って、

―いや、なに――ま、舞さまのおみ足でも洗《あら》って差上げるつもりでおやりいただけませんかねえ。

と言った。

二人の手つきがかわった。大根の白さがまぶしくて――という目になって、そおっと洗い直し始めている。

一本がすむと、次の一本、またその次の一本――を、二人とも、こわれやすい大事なものでも扱《あつか》うように大根の山から取上げると、それこそ、舞さんの足でも洗うように、そおっとそおっとていねいに洗っているのだった。それでは優《やさ》しすぎるのだが……。

七蔵は、薬がききすぎたと思いながらも知らんぷりで、

―いやもう、その調子でさあ。そらよォ……。

と、合《あい》の手《て》を入れてくれた。

その「いやもう」がずいぶんと長いこと続いて、大根の山が、洗われた大根の山に積みかえられたのは、それはもううんと時がたってからのことであった。正《まさ》に長丁《ながちょう》場《ば》になった。

―いやあお二人とも、よぉくお気張《きば》り続けて下すった。じゃあ、そろそろお昼にしやしょうか。

七蔵にそう言われて、二人は顔を見合わせていた。もうそんなに時がたっていたのか。いったいどれくらい大根を洗《あら》っていたものか……。いや、それにしては、いやいや、それだからして――たしかに腹《はら》がすいているぞ――と、二人はも一度顔を見合わせ、思わず笑い声をあげていた。

こんなに長いこと、こんなに単純な仕事を、こんなに懸命《けんめい》になって続けてやったことなど、初めてだった。そして二人ともこっそりと同じことを思いあわせていた。

(これも舞さんのおみ足のおかげよ……な)

おかずには魚の煮《に》つけたものが出された。

（たしかに昨夜《さくや》釣《つ》ったものよ）

又四郎にはその魚の顔に見覚えがあった。月明りで見たやつにちがいなかった。そして、

（ふうむ、それにしても……）

まるで生まれて初めて魚を食べたような目になっていた。横の新太郎も、魚を一口やってみて、そのうまさに、

（こ、これは……）

と、声をあげるところだった。ただ、横目で見た又四郎の顔から、これは又四郎の釣ったやつとは察せられたから、そんなのを「まことにおいしゅうござる」などと言うてはやるものか——と、声をおさえていた。

七蔵《しちぞう》のほうは、そんな二人のようすと本音を読みとると、笑《わら》うまいと横っちょをむ

いていた。

二人が食事をすませて洗《あら》い場《ば》の前に戻《もど》ると、いつのまにか大根の小山が三つになっている。一つはまだ洗っていないの。も一つは自分ら二人で洗ったもの。そしてその横のは、その横の光り輝《かがや》くような大根の山はいったいどうしたものか？——の目に、二人がなったとき、

—そいつはあっしが洗ったものでさ。

七蔵が言った。

（それじゃあ、おれたちのは洗ったことにはならぬではないか……）

二人は揃《そろ》って頭をたれていた。

—舞さまの足に遠慮《えんりょ》なさりすぎだったんでしょう、よ。

七蔵がおかしそうにつぶやいた。

—ま、やる気がありゃあ、できることで……。

（いったい何をやる気になるのだ？）

二人はまだ顔をあげられずにいる。

（舞どののおみ足をきれいに洗《あら》うということか？　いやいや、とんでもござらぬ。それはつまりそのう……）

二人は同時に気づいていた。

もしもこの先、舞どのの横でその仕事を手伝うようなことになったらば——ということではないのか？　そしてこれはそのほんの小手調べの「仕事」の一つではないのか？

七蔵《しちぞう》は、そ知らぬ顔で、

—次はひとつ庖丁《ほうちょう》とぎとでもまいりやしょうか。こちらは毎日お馴染《なじ》みのお腰《こし》のものと似たもの同士でしょうから、扱《あつか》いぐあいも似たもの同士。お覚えも早うございましょうから、ねえ。

—いやあ、それは、わからなくは……。

――いやいや、その儀《ぎ》ははたしていかなる……。

二人とも、へどもどして言葉に詰《つ》まっている。小なりといえども庖丁どのは腰のものとは身内だ――と言われては、その扱《あつか》いひとつで、こちらの手の内が読まれてしまう――ではないか。

そうしてちらとだけ二人は顔を見合わせ、すぐにつンつンと横をむいてしまいながら、七蔵のあとについて次の〝競《きそ》い場《ば》〟にむかっていた。

3

そんな三人の頭の上――ずっと上では、おじいさまが笑《わら》いを噛《か》み殺すのに苦労していた。ここでうっかり声をたてれば、二人から舞《まい》に言いつけられてしまうかもしれない。ここは何としてでもこの「高見《たかみ》の見物」を続けたいものよ……と願っているからのがまんであった。何しろ、七蔵《しちぞう》が自分のかわりに、二人のもう一つの能力試《だめ》しをやってくれているのだ。しっかりと見極《みきわ》めて、またいつか折《お》りあらば、舞に言うてやらねばなるまい——と思っているからだ。

そして同時に、おじいさまは初めてこの七蔵《しちぞう》の店に来て、庖丁《ほうちょう》とぎの「いろは」から大根洗《あら》いの「いろは」に始まり、板前修業の第一歩を始めたころのことを、あざやかに思い浮《う》かべていた。

(わしはとにかく侍《さむらい》の身分から一抜《ぬ》ケテ、なんとか板前にならねば——と懸命《けんめい》じゃったものよ)

そのころの自分を思い重ねながら、改めて下の二人のことを見下ろしていた。

(二人とも、何よりもあの腰《こし》のものを捨てる気もちになれるものか、のう……)

(舞が侍の妻《つま》なんぞにおさまるつもりがなければ、下のも、自分で自分がおさまる場所にふさわしい、身分やら仕事やらをとることになろうでなあ……)

おじいさまのもの思いは、どうしても舞を中心に回ることになってしまうらしい。

相手がまだ二人とも、まだまだ世事《せじ》に疎《うと》い、ほんの「若侍《わかざむらい》」であることを抜《ぬ》きにはできないというのに――。

（ま、わしのほうもわしなりに、二人の肚《はら》のうちをも少し見ることが肝要《かんよう》よの）

自分に言い聞かせるようにそう思うと、つい腕《うで》が動いてしまい、それがまたあの竹刀《しない》を動かしてしまうことにつながって――竹刀はまたしても一本踊《いっぽんおど》りをやりながら、七蔵について歩く二人の耳に、その足音を響《ひび》かせることになった。

二人とも同時にふりむいていた。

七蔵の店の前を、今度は一本足の竹刀どのが、とん・つん・びん……と足音高く歩いているのがわかる。二人のうしろで七蔵も、そっとふりむいて聞き耳をたてていた。なにやらいやに懐《なつ》かしいところのある響きなのである。

（庄《しょう》さんのことが思い浮《う》かぶよ、な……）

七蔵の脳裏《のうり》に、ご隠居《いんきょ》さま＝庄左衛門《しょうざえもん》の面影《おもかげ》が浮かんでいた。

（ご隠居さまはきっぱりと侍《さむらい》をひかれて、うちで板前修業をなさった。「庄さん」なんてお呼《よ》びしても、「あいよ」と答えて下さるようになり――いや、腕《うで》のあがるのもお早いお方だった……)

竹刀《しない》の足音の響《ひび》きには、どうやらそんな回想《おもい》を誘《さそ》うものがまじっているものらしく、七蔵《しちぞう》は自分の前に立つ二人と一緒《いっしょ》に竹刀の足音のゆくえを追っていた。

二人のほうは、七蔵ほどのこらえ性《しょう》がなかったものとみえて、揃《そろ》って声をあげると駆《か》けだしていた。

さすがに若《わか》いだけあって足も早い。一足遅《おく》れて七蔵が表に出てみると、二人の後《うしろ》姿《すがた》は闇《やみ》にのみこまれるところだった。

――あ、まだ仕事が残って……。

七蔵のあげた呼《よ》びかけは空に散り――不意打ちのような闇の中に七蔵一人が立ちつくすことになった。

＊

「まい」では、お客がみんな帰ったあとのお座敷《ざしき》に、舞が一人座《すわ》りこんでいた。

（空耳かしら、また竹刀の足音がしたように思うけど……）

小首をかしげながらそう思い、

（お二人とも、また京へ呼《よ》ばれていかれたのかしら）

それなら男三人で何の話を――と思うと、遅《おそ》まきながら――とはわかりながらも、表に出ずにはいられなかった。

舞は、そのあたりにまだうっすらとただよっている竹刀の足音の「残響《のこり》」に耳をかたむけた。その小さなふるえの中に、身をすくめるようにしてもぐりこもうとしていた。

すると、耳許《みみもと》に懐かしい男の人の声がした。

―舞さま。

七蔵の声であった。

―どこかへお出かけのところで？

（こんなに遅《おそ》くから）はおさえて七蔵《しちぞう》が訊《き》いた。

—いいえ。やっとお店が終わって夜気《やき》を吸《す》いこみに出てたの。

—やき？

訊《き》き返してからやっとその言葉がわかると、七蔵は笑《わら》いだした。

—そりゃあ、夜気《やき》には邪気《じゃき》がございませんからねえ。おいしゅうございましょう。

—あら、むずかしい。

舞は笑って、

—どうぞお入りになって。

と、店の中に舞い戻《もど》っていた。一歩遅《おく》れて七蔵が店に入ると、板前の新吉《しんきち》が奥《おく》から顔を出し、七蔵をみとめると、駆《か》けだしてきた。

—いやなに——

と、七蔵は手をふった。

—ここへは舞さまをお迎《むか》えにあがっただけだ。ちいとばかか、ご隠居《いんきょ》のことを思い出しちまってな。おまいりして線香《せんこう》の一本でもあげさせていただきたくなったものでさ……。

—あらま。おじいさまったら、まさか七蔵さんにまで何かいたずらなすったんでしょうか。

—いえ、なに……。

七蔵は、あの二人のことは口にしなかった。竹刀《しない》の足音のことも、あのときの不思議な「時」の流れのことも、舞には黙《だま》っていた。

—本気でおまいりしたくなったんでございやす。

改まった口ぶりになって言った。

—じゃあ、一足先に戻《もど》って位牌《いはい》のまわりをきれいにしますから、新吉さんと一杯《いっぱい》だけでもやって回って下さいな。

—それはまた、お手数をおかけいたしやす。

七蔵はもう一度口調を改めて礼を言った。

お先にィ――の声を残して、舞が店を出た。舞が家に戻《もど》って仏間に入ったとき、何やらものたりないような空気がわだかまっているのに気がついた。

(やっぱりまたおじいさまったら、もう……)

舞は、おじいさまの位牌《いはい》を手にすると、柔《やわ》らかな布でていねいに拭《ふ》きながら、

―久しぶりのお客さんですよ。昔懐《なつ》かしい方ですよう。だから、さっさとお帰りになって……。

と語りかけていた。

位牌を元に戻して二拍《にはく》か三拍置いて、位牌がことりと音をたてて動き、誰《だれ》かさんがその中に駆《か》けこむ気配があった。

なんだかおいしそうな匂《にお》いが位牌のまわりにただよってきて、舞の鼻をくすぐった。

(ま。何かしらこのおいしそうな匂い)

舞が位牌の中のおじいさまをちくとにらんでやったとき、表に七蔵《しちぞう》と新吉の声がした。

—うちでもおいしいもンくらいつくれますよう、だ。これからおまいりのお二人に、何かつくってもらって、お供《そな》えしましょ。

舞は、位牌《いはい》に口早に話しかけた。

—でもお位牌さんでは召《め》しあがれないから、いただくのはわたし。

舞は、ちという目でも一度おじいさまのことをひとにらみしてから、表の二人に、どうぞ——と声をかけていた。

第十章・曲者《くせもの》！

1

新太郎《しんたろう》と又四郎《またしろう》は、先ほどから「まい」の座敷《ざしき》で仏頂面《ぶっちょうづら》で座《すわ》っていた。

七蔵《しちぞう》の家から竹刀《しない》を追ってとびだしたものの、結局追いつけなかった。それで翌日《よくじつ》また二人とも「まい」にあらわれ、表で鉢合《はちあ》わせし、一つだけあいていたあの座敷に揃《そろ》って通されてしまったのだ。

ポウン。

そのときどこかで、またかすかに竹刀らしき音がした。

新太郎が又四郎をうかがうと、又四郎はその音よりも板場《いたば》のほうを気にしているようすだ。

しかし新太郎のほうは、竹刀の誘《さそ》いとそれに続く「ご隠居《いんきょ》との再邂《さいかい》」という、不思議と出会っている。だから、聞き耳のたてかたが、又四郎とはちがっていた。竹刀の動きから、すべてを察することだ――と、耳を澄《す》ましていた。

うつつであろうとなかろうと、あの店での出来事。何よりも口じゅうに残っていた味。そのあとのご隠居の消失。舞に連れられてのご隠居の位牌《いはい》との対面。そしてその前に立てた線香《せんこう》がつくりだした、もの言いたげな奇妙《きみょう》な渦巻《うずまき》。それに、竹刀をつけていったあとの七蔵の家での奇妙な時間……。

それらが、一瞬《いっしゅん》のうちに新太郎の脳裏《のうり》で明滅《めいめつ》した。

――あちらに引かれてまいりましたときも、竹刀だったのですよ。

と打ち明けてくれた舞《まい》の声もよみがえる。

その「竹刀」なのだ。

しかし、ここで自分があせってとびだせば、又四郎も「何事ならん！」と続くにちがいない。それよりも今は、竹刀の音の動きを耳だけで追うことだ……。

新太郎は聞き耳はたてたままで、あのとき、二人の背後《はいご》にある——と感じた〝京へ続くらしい道〟の暗い気配を、背中で感じとろうとした。

竹刀《しない》の動き如何《いかん》によっては、うしろへ引かれるようにしてあちらへ飛ばされるかもしれなかった……。だから、ひたすら体も気もちもしずめにしずめて、かたまっていたのだ。

一方、又四郎は、竹刀の音や背後《はいご》の気配よりも、さっさと板場のほうへ引っこんでしまった舞さんの気配のほうを気にして、酒をあおっていた。

又四郎のほうは、ご隠居《いんきょ》のことがまだしかとはわかっていない。無理もない。いきなり京へさらわれたかっこうでの〝宙乗《ちゅうの》り〟見物。そのあとの不思議な酒席と、吹《ふ》き抜《ぬ》けの店、そしてこの店との往《い》き来《き》なのだ。

ご隠居がこの世の人ではないことを知らない又四郎にとって、まぼろしやらうつつやらとのけじめさえ、まだついていないままに迎《むか》えたあの竹刀の音なのである……。

竹刀がそっと歩きだす。

新太郎の耳は、その片足《かたあし》の音をとらえ、それに続く、押《お》し殺したような草履《ぞうり》の忍《しの》び足の音も聞きつけていた。

(さっきの音で竹刀に気づくと同時にとびだした誰《だれ》かだろうか。いったい?)

新太郎は体をかたくしながら、二つの足音に耳をそばだてる。

すると、
ずん!

と、人の倒《たお》れる音がして、新太郎は素早《すばや》くのれんをくぐって外へとびだしていた。

—曲者《くせもの》!

店の表には人影《ひとかげ》はない。

横に回り裏《うら》に回ると——板場の洗《あら》い場《ば》近くの出入口から何歩かのところに、人が倒れている。薄明《うすあか》りの中で目をこらすと、それが新吉《しんきち》さんだとわかり、一足飛《いっそくと》びでその傍《かたわ》らにかがみこんだ。

（息はある！）

当て身でもくらったものか――と思い、その上半身を抱《かか》えおこして、活《かつ》を入れた。

新吉は息を吹返《ふきかえ》し、目の前の新太郎の顔に気づくと、

―竹刀《しない》は？

と訊《き》いた。

新太郎もあわてて四方に目を配ったが、闇《やみ》の中に竹刀がいる気配はなかった。

すると、新吉は、

―あ、たぁ。

と、押《お》し殺したような声をあげた。

新太郎が見ると、左手できつく右手の甲《こう》を押さえている。薄明《うすあか》りの中でも、右手の甲から血が小さくふきだしているのがわかる。

新太郎がそっと新吉の右手を取り、裏《うら》に返すと、てのひらにも血がふきこぼれてい

る。

何かが新吉の右手を貫《つらぬ》いて「穴《あな》」をあけたのだ。

(これは竹刀の仕業《しわざ》ではないな……)

とは思ったものの、そんなことより、新吉を店に運びこむほうが先だった。

―足のほうはしっかりしております。

新吉は手の痛《いた》みをこらえながら、努《つと》めて明るい声で言い、運びこまれるよりも自分から洗《あら》い場《ば》のある出入口にむかっていた。

何かを察したらしく、舞がそこから顔を出した。

灯《あか》りの照らしだした新吉の右手は、正《まさ》に血にまみれている。

舞は帳場《ちょうば》から白布を走り持ち、新吉が痛みをこらえながらとにかく血を洗い流した右手を、目にも止まらぬ早業《はやわざ》で(と、新太郎には見えた)しっかりと縛《しば》った。

(剣の扱《あつか》い捌《さば》きをおろそかにしていたらば、こうはできまい)

と、新太郎が舌《した》を巻《ま》く手捌《てさば》きのみごとさであった。

――ひといきいれておりましたところに、あの竹刀《しない》の奴《やつ》の足音がしましたもので――

いや、以前《せん》から気になっていやしたもので……。

と、新吉は申しわけなさそうに舞に言った。

新吉は、竹刀の初めての「家出」について舞に訊《き》かれたあとから、ずっと気にしていたのだ。

――……指をゆっくり、一本ずつそっと動かしてみて……。

と、舞が低声《こごえ》で言った。

新吉は痛《いた》みを押《お》し殺した目を伏《ふ》せながら、右手の指をそろりそろりと動かしてみている。そして、ま、な・ん・と・か……とつぶやいた。

舞は小女《こおんな》を呼《よ》び、てきぱきと何か言いつけた。それから、新吉を帳場の次の小部屋に入れ、

――やすませてあげて……。

と、言いつけた。

それから新太郎にふかぶかと頭をさげ、新吉のことを早いこと見つけていただきまことに有難《ありがと》う存《ぞん》じました——と、少しばかりよそいきの声になって礼を言った。そして、さっきのお部屋へお戻《もど》り下さいまし、お気休めのものを持って参じますので——と、これは女将《おかみ》の声に戻って言った。

——……あ、いや、その……。

新太郎は、生返事《なまへんじ》して又四郎のいる部屋に戻るしかなかった。

2

舞《まい》は、思わぬ出来事の後始末《あとしまつ》を、てきぱきとそつなくやってのけた。

舞も新太郎《しんたろう》も、新吉《しんきち》の手のことは又四郎《またしろう》には言わなかった。

又四郎のほうは、〝かえり咲《ざ》き〟みたいにはんなりと戻《もど》ってきてくれたように見える女将《おかみ》・舞の再登場に浮《う》き浮きし、一人だけ気もちも体もらくーになったようすで、酔《よ》いも一気にまたまわり、おかげで新太郎は、そんな又四郎の〝お守役〟として「まい」を出るしかなくなってしまった。

それがおしまいのお客だった二人を送り出したあと、舞は手早く店を閉《し》めると、新吉を送らせた近くのお医者のところに駆《か》けつけていた。お店のお客のことで何度かお世話になったところで、声だけかけてそのままあがりこんでもよいくらい、舞の親しくなった医者だった。

勝手知ったるわが家に駆けこむ足取りであがった舞の横合いから、おじいさまの顔がぼうとあらわれた。

（どこにいってらしたのかしらね）

の目で舞が小さくにらみ返すと、おじいさまは、真剣《しんけん》・正直・心《しん》から曇《くも》らせた目で、そんな舞のことを見つめている。

そのときになって初めて――遅《おそ》まきながら、昔あったおじいさまの右手の〝事件〟に思いいたった。

——あ、あのときも……。

思わず口に出していた。

——そうよな。

(闇雲《やみくも》に刀をふりまわされたおかげで、ちいとばかり右の手の甲《こう》に傷《きず》をつけられたことがあったわの)

そこのところは声には出さずに、おじいさまは目顔で言い、舞にそのときのことを思い出させていた。

(あのときは、まったく無体《むたい》な言いがかりで受けてしまった〝決闘《けっとう》〟であったが、もう少しで大事な右手をいためせっかく新しく志した「料理人への道」から落ちこぼれるところであったわな)

おじいさまは、素早《すばや》い目の動きで、そいつを舞に思い出させてやることにした。

舞はむろん、あのときのことのすべてをすぐさま思いおこしていた。

おじいさまは厄介事《やっかいごと》になるのを避《さ》けるために、庖丁《ほうちょう》でちいと切りよったようでな

——としか、医師には告げなかった。

しかし、かかりつけの太田医師は目利《めき》き腕利《うでき》きであったからして、おじいさまの嘘《うそ》をあっさり見破っていた。ただ、おじいさまが刀をふりまわしたなどというと、そこからいろいろ言わねばならないことがあるのを避《さ》けている——という事情もちゃんと読みとっていたもので、

—ま、よろしいでしょう。傷《きず》のことだけ、はっきり申上げましょうか。

と、だけ言い、

—ふぅむ、かなりに厄介《やっかい》ですぞ。

と釘《くぎ》を刺《さ》したあと、

—もしかしたらこの先、重いものは扱《あつか》えなくなりましょう。

と言った。

—中指をのばしたり縮《ちぢ》めたりする腱《けん》を切られておられる。

だから手の甲《こう》を開いて腱を引っぱり出して結び合わせましょう——という治療法《ちりょうほう》

を告げてくれた。

（重いものといえば刀じゃが、ならば出刃《でば》くらいは持てるかな？）

と、わしは訊《き》いたのであったな……と、おじいさまは思い返している。

それに対して太田医師は、

―治すのをおいそぎになりますと、出刃でも危《あぶ》ない……。

と、少しばかりおどしてくれたわな……。

――そこのところまでを、おじいさまは目顔で舞に一瞬《いっしゅん》のうちに送りこみ思いおこさせてやった。

（ならば、わしが何故《なぜ》に心配顔でここに来ておるかはわかろうものを）

の目になっている。

（同じ料理人の新吉が、ところもあろうに同じ大事な右手の甲《こう》に穴《あな》をあけられたではないか。これが駆《か》けつけずにおかれようか）

の顔になっている。

かといって自分が、見ず知らずのここの医者の前に顔を出すわけにはいかず、玄関《げんかん》口《ぐち》に心配顔で待ちうけておったのではないか……。それに何よりも、新吉は正体のわからぬ竹刀《しない》をつけて外に出ての負傷《ふしょう》だった——と、これは舞には言えなかった。

しかし心せいている舞にとっては、そのようなおじいさまの空《から》心配——力にはなれない心配り——が、今の今は「おせっかい」に感じられていた。だから、おじいさまが次に舞に目をやると、舞のほうはもう奥《おく》へむかっており、背中《せなか》しか見ることができなかった。

不承不承《ふしょうぶしょう》、おじいさまは天井《てんじょう》近くに浮《う》かび、舞と医者と新吉の三人のことを、姿《すがた》を消して黙《だま》って見下ろすしかなかった。

新吉は痛《いた》さをこらえて口にはせず、医者の前に右手の表と裏《うら》をひろげて見てもらっ

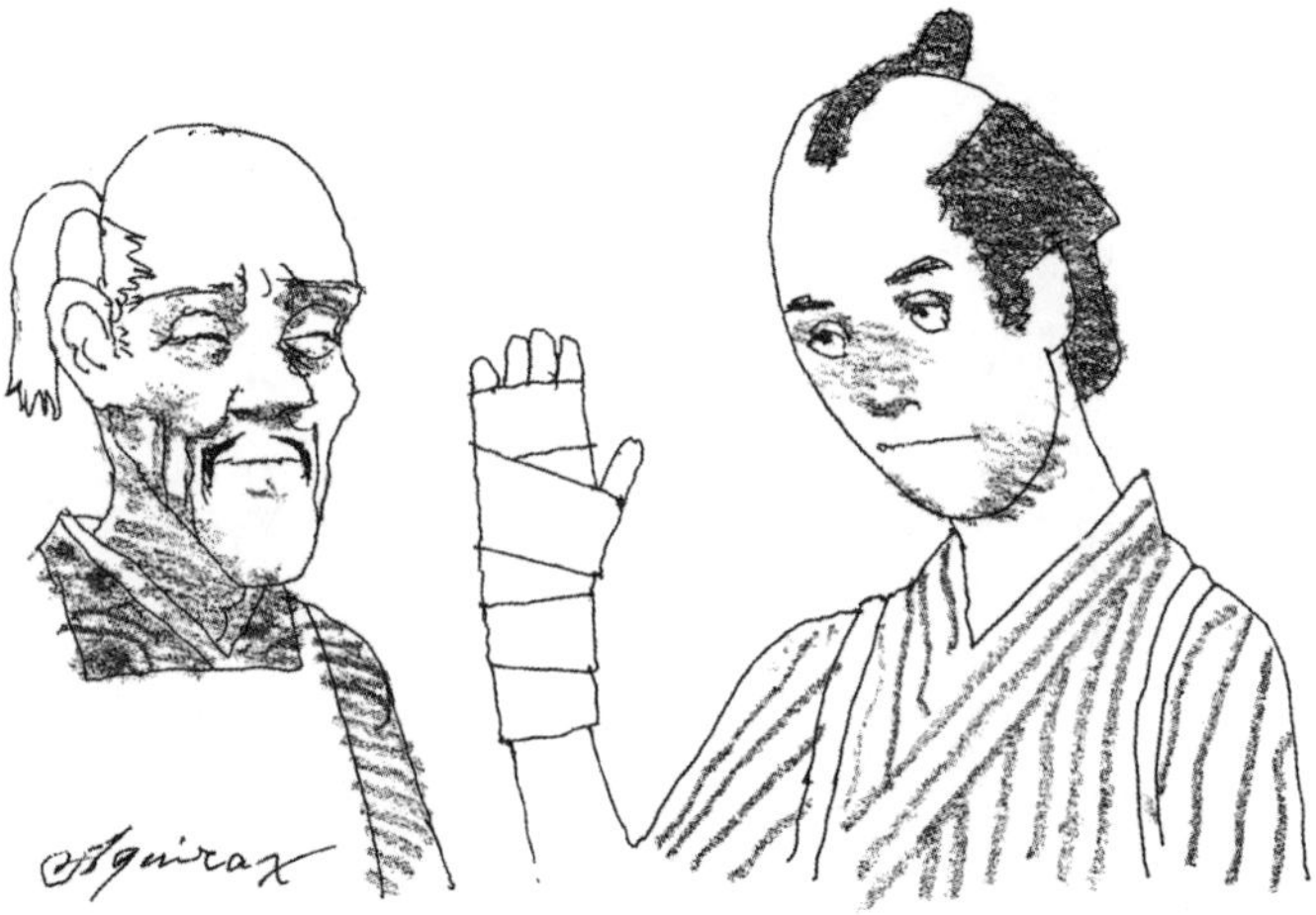

ている。そのひろげるだけでもかなりの痛《いた》みであるのが、おじいさまには見てとれる。

むろん、医者にも見てとれる。

—よくよく診《み》てのうえでしか申上げられぬが、ここを突《つ》き抜《ぬ》けたものが、大事な腱《けん》やら神経やら血の管《くだ》やらを避《さ》けているとよろしいのだがの。

(素人《しろうと》の生兵法《なまびょうほう》だったよな)

と、新吉はほぞを噛《か》んでいる。

(あのとき、もしやのこと——と思って焼き串《ぐし》なんぞを握《にぎ》って出てしまった。それを、逆に相手に使われてしまいやがった)

魚は串刺《くしざ》しにできても、正体もわからぬ闇《やみ》の中の相手には、てんで歯がたたなかった——のである。その誰《だれ》とも——いや、何とも知れぬ闇の中の相手は、その串を、手にした竹刀《しない》で思いきり叩《たた》いていた。勢いあまった串は、あっさりと新吉の手の甲《こう》を貫《つらぬ》き、ずばりと抜《ぬ》けてそれっきり——であったことは新吉は自分に言っただけで、医者にも舞にも黙《だま》っていた。

うっかり医者に言って庖丁《ほうちょう》を取上げられるようになったら困《こま》りものだし、舞さまに言って、闇《やみ》の相手の正体探《しょうたいさぐ》りにでも出られても大事《おおごと》だし……。

医者はそれ以上は訊《き》くことなしに手当てし始め、舞も何も訊かずに目を曇《くも》らせているばかり、新吉は黙《だま》って二人に深く頭をさげているばかり——なので、三人の上に浮《う》かんでいるおじいさまは、息をひそめながら小さくため息をついてばかりであった。

＊

3

むずかしい顔の医者と新吉《しんきち》の傍《かたわ》らで、舞《まい》は素早《すばや》くおじいさまと問答していた。

とにかくここしばらくは、新吉の右手は使いものにはならない。

舞だって一通り二通りくらいの料理の腕《うで》は持っている。そのためのおじいさまとの長い料理修業の時ではなかったのか。

にもかかわらず、昔、おじいさまと二人でやっていたときとはちがい、お店には、お客には、やはり新吉の「腕《うで》」は必要であった。

（ふうむ。あの折《お》りに新太郎《しんたろう》が望みよったように、「入門」させておくべきであったか……）

と、おじいさまは宙空《ちゅうくう》に浮《う》かんだまンま思案している。それにしても、手遅《ておく》れもいいところの思案投げ首であった。

（あのとき新太郎めは、道場に入門した折りに師範代《しはんだい》の前にかしこまったと同じ姿《すがた》になって、わしに料理人入門を願い出たのじゃった。そこを——

——それでは、いやそのようにがちがちになっておっては、そんな手の庖丁《ほうちょう》に切られるのでは、魚や野菜が痛《いた》かろう。

と、いっぱしの料理人みたいな口のきき方で、その申し出を断ったのであったな）

ううむ——とおじいさまは声には出さずに宙空で身もだえしている。

(といって今更《いまさら》急に新太郎を呼《よ》びよせ、この幽体《ゆうたい》のおのれが、手取り足取りして即製《そくせい》の板前に仕込《しこ》むわけにもいかん)

おじいさまの悶々《もんもん》を感じとったわけではないが、舞のほうもやはり新太郎のあの折《お》りの夜の申し出のことを思いおこしていた。

(おじいさまは断られた。この先、どんな武士の道へでも歩み入れられるお若《わか》い方には、あたりまえのこと。でもあのとき新太郎さまは、その望みをきれいさっぱり捨てられたのではなかったようだけれど)

あのあとしばらくしてのこと、新太郎が両親と一緒《いっしょ》に店にやってきてくれたことがあった。それでおじいさまと新太郎の父が小さな決闘《けっとう》をしたこともちらとわかったし、それでもおじいさまと新太郎の父はちゃんと話していた。

(そのすべてを見てのうえでも、新太郎さまはおしまいにこうおっしゃったのよ、ね)

—少うし先の話でございますが、わたくし、考えるところございまして、ここのご隠居《いんきょ》につきとうございます。
するとお父上は、
(あ、いや、ここのご隠居はもう、ご隠居でも武士でもなく、料理人であるぞ)
と、おっしゃりたいのをおさえておられた。
そこのところは舞には見えなかったが、気配から察することができた。
一拍《いっぱく》置いて新太郎さまは、
—少うし先の話でございます。
と、念を押《お》すようにまたおっしゃった。
—あ、ん? 少うし先の話、だな、え。
と、お父上のしぶい声がし、
—よろしいんじゃございませんか。
と、お母上がお父上にむかっておっしゃるのが聞こえた。
それから新太郎さまがほっとしたように膝《ひざ》をくずす気配がわかり——その小部屋の

むこうにひっそりと立っていた舞は、小さなため息をもらしたことを――思い出していたのであった。

（あのあと、新太郎さまをお江戸《えど》に送られたのは、たぶんお父上さまの指《さ》し金《がね》。それでもまたこちらに戻《もど》られ、「まい」においで下さったのは、新太郎さまのお気もち……）

そうしたこまごまとした昔のことが、まるで昨日《きのう》のことのように今、こうした場でありありと思いおこせたということは、どういうこと？――と、舞は改めて自分に訊《き》いていた。

（新太郎さまのお気もちのゆれぐあいはどうだったのか？ お気もちの続きようはどうなのか？ これはもう――）

アタッテクダケルシカナイノヨネ――と、舞は一つ一つを小さな文字にして頭の中に並《なら》べてみた。

（おじいさまにかわって、新吉さんのもとで、それも右手の不自由な板前さんのもとで、新太郎さまは新吉さんをおじいさまだと思って、庖丁《ほうちょう》を握《にぎ》って下さるだろうか？）

（あのときわたしは、金魚玉を使って新太郎さまと、一勝負したのよね。いや、勝負といっても木刀や竹刀《しない》をふりまわしたわけではなくて——あの金魚の入った金魚玉をふうわり持ってゆらすだけで、新太郎さまをまいらせたのだったけれど……）

思いおこしていくにつれて、舞の頬《ほお》にうっすらと赤味がさし、目に張りができ、顔全体が見る見る少女のようになっていくと同時に、ひきしまってもきた。新太郎と金魚玉片手《かたて》に勝負した折《お》りの舞に舞い戻《もど》ったような変り身であった。

そんな舞の上の虚空《こくう》で、姿《すがた》を消したまま息も詰《つ》めたままのおじいさまが、ふっと息を抜《ぬ》き、かすかにほほえんだ。おじいさまのほうも、あのときの年齢《とし》かっこうになり（といっても見えない体であったが）、気に満ちてきて——小さくまた笑《わら》った。

舞がそちらを見上げて、ちらとほほえみ、あのときの舞に戻《もど》ったようなはずんだ声で、

—明朝、お訪《たず》ねしてまいります。

と、早口でささやいた。

—そしてお訊《き》きしてまいります。

—……。

声にはしないで、おじいさまが聞き返した。

—あの折《お》りのお言葉、お気もち、今でも残っておりましょうか?——と。

うむ——と、声にはせずにおじいさまがうなずき返していた。

＊

医者と新吉も、舞の目を追って上を見上げている。しかしそこには古い天井《てんじょう》しか見えない。舞はついと目を新吉に戻し、医者に移して、桜桃《さくらんぼ》のふくらみのように小さくほほえんだ。

——大丈夫《だいじょうぶ》でございましょう、大丈夫でございますよ……。

その小さな輝《かがや》きのようなものに目でも射《い》られたかのように、二人ともうなずき返していた。それにしてもいったい何がどう大丈夫なのかという「?」は目の端《はし》に残しながらも……。

——よろしいでしょう。

と医者が言い、手早く新吉の右手を白布で巻き、包み、更《さら》に大きな白布で肩《かた》にかけさせ、「きっとお大事にな」と言い聞かせていたが、舞のほうはもう二人から目を離《はな》し、つと立ち上がっていた。

長いこともやもやと霧《きり》でもかかったかのようだった気もちの中に、細い一筋《ひとすじ》の白い光がさしこんできてくれたような気もちで、立ち上がっていたのだった。

第十一章・善八急ゲ

1

暁方《あけがた》、新太郎《しんたろう》は夢《ゆめ》をみていた。

父親と母親の三人で「まい」で飲みながら何やら話している。新太郎は、自分が少し前の自分に戻《もど》っていることに、夢の中で気づいている。それもそのはず、三人の横には、なんと「まい」のご隠居《いんきょ》がお元気に何やら話しておられるのだ。どうやら手にした鉢《はち》のものをすすめてくれているらしい。新太郎がのぞいて見ると、小さな巻貝《まきがい》の煮物《にもの》で、

（これなら自分にもつくれるぞ）

と思い、

（いや、それならもう少しあとのことになるよな）

と思い直し、すると自分が少しばかりこの仕事に近づいたように思える。

（そんなことができるようになったのは、お江戸《えど》でのことだったものな）

そこのところを思いおこし、ご隠居《いんきょ》に申上げねば――と座《すわ》り直した。そのことはまだ誰《だれ》にも打ち明けたことがなかった。ご隠居につくはずの自分が、その前に別の親方についていてしまったことをお詫《わ》びし、それにしても料理人修業に一歩を踏《ふ》み出していたことは申上げたい――と思ってのこと。

すると、新太郎が口をきく前に、目の前のご隠居がいきなり若返《わかがえ》って――新吉《しんきち》さんになっていた。新吉さんと話したのは、お江戸から戻《もど》ってきてからのことだったはず……。その新吉さんが、ご隠居と同じように、手にした小鉢《こばち》のものをすすめてくれている。見ると、えんどう豆の含《ふく》め煮《に》だとはわかったが、そこにふりかけられたものがわからない。

――……火取《ひど》った口子《くちこ》の細々《こまごま》したもので――

と、新吉さんが教えてくれる。
——露生姜《つゆしょうが》も落としてあります。

つくり方の見当はついたが、こんなのはまだつくったことがない。お江戸での修業は、ほんのとば口だったからな——と、新太郎は苦笑《にがわら》いしながら思いおこしていた。

それでも新太郎は小鉢《こばち》の豆をつまんで食べてみたいと思い、いつのまにか手にしていた箸《はし》をのばしていた。豆をつまむ。それを口に持ってくるところで、豆はほろりと落ちてしまった。豆もつまめない自分の不甲斐《ふがい》なさに小さく舌打《したう》ちし、その音で夢《ゆめ》からさめ、夢の中からとびだしていた。

まだ暁方《あけがた》には程遠《ほどとお》い暗がりの部屋の天井《てんじょう》を見上げた新太郎は、さっきの夢の続きが見たくて、もう一度目を閉《と》じた。

寝《ね》つけぬままに、何故《なぜ》あのような夢を見たのか、新太郎はぼんやり考えていた。新吉さんの手の傷口《きずぐち》、消えていた竹刀《しない》が、ぽうと浮《う》かびあがっては、じきに闇《やみ》に溶《と》けた。

又四郎《またしろう》のお守役《もりやく》で店を出たあとのことを、新太郎は知らない。新吉さんの傷《きず》のぐあいやら、それが店の仕事とどうからまっていくかの見当もつかない。も一度出かけていって、舞《まい》どのに訊《き》いてみるか——と思ったところで、新太郎はふたたび眠《ねむ》りの中に落ちこんでいった。

そしてまた夢《ゆめ》をみていた。

今度は重《しげ》さんの店にいて、奥《おく》の板場《いたば》で何かつくっている。莢《さや》から出した豆を茹《ゆ》でている。たっぷりの湯に強めに塩を加えて、豆がしっかり軟《やわ》らかになるまで茹でている。うしろで重さんが口子《くちこ》の手当てをしているのが背中《せなか》で見えるのも、夢なればこそだが、新太郎はそこには気づいていない。

出し汁《だじる》をつくり、茹《ゆ》で上がった豆をちっとのま煮《に》ると火を止め、鍋《なべ》ごと冷やす。

—それで色を止めるってわけよ。

うしろから重さんが言う。

白い小鉢《こばち》に盛《も》ったところに、重さんが口子を散らしてくれる。露生姜《つゆしょうが》も落としてくれる。これで出来上がりって寸法よ——と、重《しげ》さん。あ、はい——と新太郎。

——一粒《ひとつぶ》やってみな。

重さんが手渡《てわた》してくれた箸《はし》でえんどう豆を一粒つまんで口に持っていこうとして、新太郎はまた豆をぽろりと落としていた。

——豆もつまめねえのかい。

重さんのからかい声が耳許《みみもと》で鳴って——新太郎は目を覚まし、夢は闇《やみ》の中に溶《と》けていた。

部屋は、さっき目を覚ましたときと変らぬ暗さのままだった。束《つか》の間《ま》の夢だった。

（豆一つつまめないで料理の修業もないもんだ。ご隠居《いんきょ》に話さなくって良かったよ）

と、改めて胸《むね》をなでおろしていた。

（ご隠居について刀を捨てるのをきらい、父上はわたしを江戸《えど》に送りこんだ）

それははっきりわかっていたが、まだ時がある——と新太郎は思っていた。いつか戻《もど》ってきた折《お》りに改めてご隠居を訪《たず》ねればよい——と思っていた。それなのに肝心《かんじん》のご隠居《いんきょ》がこの世からいなくなってしまった。その短い知らせは舞から受けた。小さくうめいていた。

父親の思うつぼであった。

新太郎はその「つぼ」にはまらないため、自分なりに開き直った。父親の目の届《とど》かぬお江戸のことだ。江戸暮《えどぐら》しに少しずつ馴染《なじ》んでくると、連れていかれる小料理屋もふえ、自分の気に入りの店も見つかってくる。その何軒《なんげん》かの板前の腕《うで》と人柄《ひとがら》を見比べ見すえて、いちばん気むずかしい重《しげ》さんにわたりをつけた。一人で通いつめ、重さんのつくるものを片端《かたはし》から食べ試《ため》し、そのうち少しずつ味のことも口にできるようになっていった。そして重さんに、

—お若《わか》いのに、よくそこまでおわかりだ。

と言わせるところまで、たどりついたのだ。

あとは、重さんに懐《なつ》き、刀を置いて〝変装《へんそう》〟して店にいくまでになった。初めのうちは本気にしなかった重さんが、ようやく新太郎の願いを入れて庖丁《ほうちょう》の持ち方から

手ほどきしてくれるようになった。

誰《だれ》にも知られることなく、板場の奥《おく》でちびりちびりと板前見習いを積重ねていった。お勤《つと》めのほうはちゃんとこなしたうえでのことだったが、苦にはならなかった。あのご隠居が板前の七蔵《しちぞう》さんと出会い、刀を捨てて修業に精出したようにはいかなかったが、少しずつ真似《まね》ごとをこえていった。誰にも内緒《ないしょ》で——というのもけっこう励《はげ》みになってくれた。

お江戸から戻《もど》ってきたあと新太郎は、そうした修業のことはおくびにも出さなかった。だから背丈腕力剣《せたけわんりょくけん》の腕《うで》から目つきまで、すっかり若侍《わかざむらい》っぽく成長した息子《むすこ》に、父親は目を細めていた。

母親のほうは、台所で働いている自分の背《せ》に、ときおり息子の視線《しせん》を感じては、

(おやまあどうして?)

と、首をかしげていたが、口にはしなかった。新太郎は知らんぷりを通した。舞どのにさえ言わずにがまんしていた。

2

さて。

新吉《しんきち》の思わぬ負傷《ふしょう》のあと、舞《まい》は、自分の頭上の虚空《こくう》で息をひそめているおじいさまに、

――明朝、お訪《たず》ねしてまいります。そしてお訊《き》きしてまいります……。

とささやいたのだったが、むろん新太郎のそんな〝修業〟のことなど、まったく思ってもみなかった。

ただ、自分が新吉とお医者の前でついと立ち上がったとき、長いこともやもやと霧《きり》でもかかったようだった気もちをふっきることができたのだ。あのときに自分がもらした小さなため息の色合いを、今になってくっきりと思いおこしたからだ。けっして青くも黒くもなかった。澄《す》んで明るい色合いをしていた――のだった。

ということは、舞は新太郎の二度繰返《くりかえ》した「少うし先の話でございますが……」の中に、いつの日かは必ずや――というふくみを感じ取っていた――ということで、

父親の清高《きよたか》のしぶしぶの小さなうなずきようも、母親のたかのが静かに言った「よろしいんじゃございませんか」という声も、改めてくっきりはっきりと思い出していたのだ。

新太郎が江戸《えど》から戻《もど》ってきたあと、そのことに少しもふれないというのが、かえって良い知らせである――という感じも持っていた。

舞は、今になって初めて、「あの折《お》りのお言葉、お気もち、今でも残っておりますでしょうか？」と訊《き》くのが嬉《うれ》しかった。新太郎が戻ってくるのを待っていたかのようにそのことを確かめなくて、良かった――と思っていた。

新太郎が江戸から戻ったあとも、酒井師範《さかいしはん》のいる早坂道場へ通っていることを、舞はちゃんと知っていた。朝一番に出向く日も心得《こころえ》ていた。

あちらのおじいさまに約束した明朝というのが、ちょうどその日にあたっていた。

だから魚河岸《うおがし》の仕込《しこ》みは新吉に任せて、早々に道場へ出かけていった。ひとにものを訊《き》くには先にいってお待ちしていること——というわけだった。酒井師範《さかいしはん》も師範代からあがった分だけ、「まい」のお客になってくれる日がふえているから、お得意さまへのご挨拶《あいさつ》も兼《か》ねて——と、舞は笑《わら》いながら新吉に断った。

新吉のほうは、自分の手が使えぬ分だけの迷惑《めいわく》を、できるだけ舞にかけまいというものを選んで仕込《しこ》めば良かった。舞の料理の手の内は、すべて知っている。

もっとも、今朝《けさ》の話次第《しだい》では、明日からでも、力だけは助っ人になってくれるだろう新太郎さまをお迎《むか》えできるやもしれなかった。新吉もむろん、お江戸での新太郎さまの〝修業〟のことなど知らない。

舞はしばらくぶりの道場の玄関《げんかん》に立つと、

—頼《たの》もう！　お頼み申しまする。

と、正式に声をはりあげた。白川師範代《しはんだい》が、どーれ……と顔を突《つ》き出し、そこに立っているのが、ときどき師範のお供《とも》をして出かける「まい」の女将《おかみ》だとわかって目を

Aquirax

むいた。

そんな師範代《しはんだい》にちろりと舌《した》を出すと、舞は澄《す》ましてご挨拶《あいさつ》した。

そのご挨拶がすまぬうちに、うしろに新太郎が立っていた。新太郎も朝の〝珍客《ちんきゃく》〟に、師範代と顔を見合わせてめんくらっている。

—本日は大木新太郎さまにお目にかかりたく参上いたしました。

舞は澄まして切口上で挨拶し、さっさと道場にあがった。

そのときになって、さっき舞が口にした名が自分のことだとやっと気づいた新太郎が、あわててあとを追った。

師範代も続き、二人のうしろから、

—まずは竹刀掛《しないかけ》の前にお座《すわ》り下され。

と声をかけた。

二人は師範代の言葉に従《したが》い、竹刀掛の前にむかい合って正座《せいざ》した。

舞は竹刀を取って一手合わせしたい気分になっていた。新太郎もそんな目つきになった舞の視線《しせん》を追って、自分も竹刀を取りに立つ気になっていた。師範代も期待に満ちた目になってそんな二人のことを打ち眺《なが》める。ところが、

—それはさておき——

と、舞が気合いのこもった声で切りだした。

—は?

新太郎も居住《いずま》いを正した。

—おたずねいたしたいことがございまして、早ばやと参上いたしました。

—はい。

—以前にお父上さまお母上さまと「まい」においで下さいましたこと、覚えておいでてございましょうか。

—……あ、はい。

新太郎は少しばかり首をかしげるかっこうになっている。その夜のことは覚えているつもりだが、いったいその夜の何を訊《き》こうというのだろうか?

——あの折《お》り、新太郎さまは「わたくし、考えるところございまして、ここのご隠居《いんきょ》につきとうございます」とおっしゃいました。

——はい、たしかに。

——お父上さまは「ん？　つくと申すと……」と問い返されました。

——はい。

——新太郎さまは「教えを乞《こ》いに——ということでございます」と答えられました。お父上さまは、ここのご隠居はもうご隠居でも武士でもなく、料理人であるぞ……というお顔になられました。

——よくおわかりです。

——すると新太郎さまは「少うし先の話でございます」と、念を押《お》すようにおっしゃいました。そのあと、「あ、ん？　少うし先の話、だな、ん」とお父上さまは、しぶしぶうなずかれました。

——たしかに、たしかに。

―するとお母上さまは「よろしいんじゃございませんか」とおっしゃいました。

―そのとおり。

―新太郎さまはそこで、ほっと膝《ひざ》をくずされました。

―……思い出しました。しかと……。

舞は一呼吸《ひとこきゅう》置いた。その一呼吸の中に、あのとき、そのあとで自分がついた小さなため息を封《ふう》じこめて知らんぷりすることにした。

新太郎は、黙《だま》ってしまった舞の口許《くちもと》を見つめている。どうやらあの折りのため息の主《ぬし》のことは忘《わす》れておいで――と見てとった舞が、また口を開いた。

―あのあと新太郎さまをお江戸《えど》に送られたのは、お父上さまのお指《さ》し金《がね》。

―いやもう、そのとおりです。

―こちらにお戻《もど》りになって「まい」においで下さったのは、新太郎さまのお気もち。

―ちがいない。

それならば――と、舞は本題を切りだした。

3

—あの折《お》りおっしゃった「少うし先の話でございます」というお気もちは、まだ生きておりますものでございましょうか?

つられたように新太郎《しんたろう》は答えた。

—生きております——とも。

気張《きば》って「とも」までくっつけていた。

—その「もう少うし先」のただいまになって、うちのご隠居《いんきょ》があちらへまいってしまいましたのにもかかわらず——でございましょうか。

—にもかかわらず、です。

—とは申しましても——

—たしかに、ご隠居はもうおられませぬ。

—教わる相手がおらぬようになりましても、でございますか。

—舞《まい》どの。

新太郎が小さく呼《よ》びかけた。

—ご隠居が亡《な》くなられた知らせをいただいた。

—……。

—そのあとわたしはお江戸《えど》で、昔ご隠居がなされたような修業を続けておりました……。

—続けて?

舞が初めて訊《き》き返した。

—こちらに戻《もど》るまで、も一度ご隠居にお目にかかれるまでがまんができずに、ご隠居にかわる方を探《さが》し探して、ようやく見つけ、わたりをつけ、少しずつそのう、懐《なつ》いていきました。

初めて新太郎のせりふが長くなった。

—懐《なつ》いて?

—はい。重《しげ》さんと申す板前で……。

——ま。七蔵《しちぞう》さんの店の名とおんなし……。

舞がひとりごとのようにつぶやいた。

——ほんのとば口で終わって戻《もど》って参りましたが——あのときの「もう少うし先」の話になりました今も、教えを乞《こ》いたい、つきたいという気もちにかわりはありません。

新太郎はお江戸での修業のことを打ち明けて気もちが楽になったせいか、ちゃんとしゃべるようになっている。

——その、重《しげ》さんでなくても、でしょうか。

——ご隠居《いんきょ》のような方ならば……。

——うちの新《しん》さんではいかがでしょうか？

言いながら舞は、自分の目の前の人も「新さん」であることに気づいていた。

——あ、新吉どの。

新太郎はどのづけで言った。

——その新吉どのがあの傷《きず》で、しばらくは片手《かたて》が思うように使えなくなりました。

——……やはり……。

新太郎の顔に影《かげ》が走った。

——口はちゃんときけます。

——は？

——新吉におつき下さり、新吉の言うようにお手伝いいただけませんでしょうか。

——は？

——仕込《しこ》みのあとの下ごしらえから始めていただき、仕上げまでを、新吉の言うように追っかけていただけませんでしょうか。

——それは……。

意外な話の展開に、新太郎は頭の回転がついていけない目になっている。

舞は、そこでまた一呼吸《ひとこきゅう》置いた。それからかしこまって座《すわ》り直し、丁重《ていちょう》に頭をさげた。

——本朝はお願いに参上いたしました。あの夜のお言葉がいまだに生きておりますかどうかをお訊《き》きしたうえで、早速《さっそく》のことながら、早急《さっきゅう》のことであり、こうしてお願い申上げております。

いつもとちがう舞の切口上というか、言葉づかいに、新太郎はめんくらっていた。

—祖父《そふ》にも申してまいりました。

舞は本気の目で言った。

—明日《あした》こちらへお伺《うかが》いして新太郎さまにおたずねしてお願いしてまいります——と、申しましたらば……。

—……？

—祖父は、しかとうなずきました。

ここは見てきたような嘘《うそ》をついているようにみえても、舞にはおじいさまが見えるのだから、まんざら嘘ではなかった。

—あの折《お》りのお言葉、お気もち、今でもおかわりなく……？

ごくりと唾《つば》のかたまりを飲みこむ音がして、新太郎が答えた。

―それはもうしっかりと残っております。ましてや、お江戸でし残したことばかりが心残りになっております。

舞がまた小さく明るいため息をついた。

―大丈夫《だいじょうぶ》でございましょう。大丈夫でございますよ――と申して出かけてまいりました。

―大丈夫ですよ。大丈夫でござる。

と、新太郎はおうむ返しに答えていた。それから「善ハ急ゲ」と申します。明日から伺います――と続けた。

―善ハ急ゲ、でございますか。

今度は舞のほうもおうむ返しになった。

そこで初めて笑顔《えがお》を見せた。

少女のころに――あの新太郎の秘密《ひみつ》の「稽古場《けいこば》」へいきなりあらわれたときに見せてくれた、とびきりの笑顔になっている。それから舞はその笑顔をそっとしまいこむと、また元の生真面目顔《きまじめ》に戻《もど》ってたずねていた。
—お父上さまのほうは……?
—もう父にいちいちお許しをいただくという年齢《とし》でもありません。
新太郎は、昔「稽古場《けいこば》」で話したときの切口上になって言った。
ふふふ……と、舞は笑《わら》った。
—あ、いや、少し威張《いば》りましたか?
新太郎は笑顔《えがお》の中から言った。
—新吉も、さぞかし喜びましょう。
舞は、女将《おかみ》の顔をつくって言った。
—わたしも喜んでおります。
新太郎は正直に言った。
—善ハ急ゲ、ですか。
—善ハ急ゲ、ですね。

—これはもしかしたらご隠居《いんきょ》の指《さ》し金《がね》……。

新太郎がつぶやいた。

—そういうことはあちらにいてもやりたがるおとしですもの。

舞も澄《す》まして答えた。年齢《とし》のせいにしていた。人のせいにすると、また仏壇《ぶつだん》で線香《せんこう》の煙《けむり》で文句を言うお人だ。

—有難《ありがた》い指し金です。年ノ功とも申します。

新太郎は本気で言った。

*

—話がついて祝着至極《しゅうちゃくしごく》。

横合いから野太《のぶと》い師範代《しはんだい》の声がした。

—そのう、新太郎どののすまし汁《じる》は、いつになれば「まい」でいただけるものかな?

前祝《まえいわ》いの声になって続けた。

—それはもう新吉の教え方次第《しだい》、新太郎さまの御勉強《ごべんきょう》次第。

舞は少しずつ女将《おかみ》の声になりながら、笑顔《えがお》で答えていた。

—お祝《いわ》いに、一手合わせはいかがでござる。

師範代《しはんだい》が言い、二人とも同時に立ち上がって竹刀掛《しないかけ》に手をのばしていた。

第十二章・玉簪《たまかんざし》のゆくえは――

1

新吉《しんきち》は遠慮《えんりょ》しなかった。

板場《いたば》に立って庖丁《ほうちょう》を握《にぎ》った新太郎《しんたろう》のようすを一目見て、これなら大丈夫《だいじょうぶ》――と、ふんでのことである。次々とやらせてみた。

新太郎のほうでも、そうした新吉の思惑《おもわく》をすぐにのみこんで、手際《てぎわ》よく動いた。

（これがあの新太郎さ・ま……？）

と、舞《まい》がそっとほほえむほどの〝出来〟であった。板についている……。

新太郎のお江戸《えど》での修業が、それなりに役にたってくれたので、いちばん嬉《うれ》し気《げ》なのは新太郎本人であった。これなら、さほど小さくならなくとも――ご隠居《いんきょ》がお元気なら、ご隠居《いんきょ》の仕込《しこ》みにもなんとか耐《た》えられそうだ――とも思っていた。

むろん、そのような新太郎の思いがご隠居に通じなかったわけがない。勘《かん》のいいご隠居のこと、どこにいようと新太郎のそうした変り身のところを見逃《みのが》すはずがない。

狭《せま》い〝居場所〟から身をひるがえしてふうわりと抜《ぬ》け出すと、「まい」の板場の宙空《うえ》に、身を縮《ちぢ》めるだけ縮めて、そっと浮《う》かんでいた。

だから、さすがの舞にも気づかれずにすんでいた。もっとも、舞にしてみれば目の前の新太郎さまの〝変り身〟ぶりのほうに気をとられていたせいで、おじいさまのことまで気がまわらなかった――ということはある。

そこまで見越《みこ》したうえで、身を縮めているというところに、ご隠居のぬかりがなかった――というわけだった。

ただ新太郎だけが、

(誰《だれ》かに見られているぞ……)

と、ご隠居の薄《うす》い視線《しせん》を感じとっていた。そしてそれが、刺《さ》すような視線ではなくて、見守っている――といった、包みこむような視線《しせん》であることまで感じとっていた。

新吉は、新太郎のそうした気配を察すると、新太郎の背《せ》にのびてきている視線をたどり返した。そして、宙空《うえ》に縮《ちぢ》こまっているもやもやの中で、ご隠居《いんきょ》さまが隠《かく》れん坊《ぼう》しているところを見つけていた。

新吉はさすがに驚《おどろ》いたが、なんだか妙《みょう》に嬉《うれ》しくなってきた。それで、そんなご隠居さまに知らんぷりして、とびきり活《い》きのいい魚を一匹《いっぴき》、新太郎に差出していた。

――こいつを好きに煮《に》てみてくだせい。

新太郎は魚を受取り、その顔と、半あきの口の中を見ると、

（みごとなノドグロだぞ）

と、わかっていた。

お江戸で一度だけ口にしたことがあり、あまりのうまさにその名を聞いて覚えていたものだ。ここいらではちょいと入らねえもので――と、その店の板前さんが言ったことも思い出していた。そいつがまたどうしてここにあるのだろうか――と、小首を

かしげて新吉を見たが、そ知らぬ顔をされた。新太郎はあのときのお江戸での味を思いおこし、ていねいに煮《に》つけていった。味をちゃんと覚えているというのも板前にとっては大事なことだから、新太郎はお江戸で店から帰ったあと、気にいった味のことをゆるりと復習したものだ。口の中にゆるゆると〝再現〟していっては、そのつくり方をたどってみるのだ……。

やがて煮物《にもの》のおいしい匂《にお》いがゆるやかにひろがり始めると、新吉の耳には、そいつを嗅《か》ぎつけた音がちろりと耳にこぼれてきた。

(食《く》いしん坊《ぼう》だったご隠居《いんきょ》さまらしいや……)

がまんできず、のどを鳴らしてしまったものだった。

新太郎ができあがったノドグロの煮物を大ぶりな蓋物《ふたもの》に入れて、さてどなたに?

——の目で新吉を見たとき、聞きなれた声が座敷《ざしき》で舞に話しかけた。

(お、又四郎《またしろう》か……)

舞が板場に戻《もど》ってきて新太郎の手許《てもと》のものを見ると、

—尾島《おじま》さまも、お鼻はよくお利《き》きですね。

と笑《わら》いながら言い、新吉に、それを出せますか？　と訊《き》いていた。新吉は澄《す》まして、

—こいつは先口《せんくち》のご注文で……。

と、やんわり断った。

舞が「あら？」の目になると、新吉は、

—そいつは新太郎さんが奥《おく》へお持ちしておくんなさい。

と言いつけた。

新太郎は言われるままに蓋物《ふたもの》を捧《ささ》げ持つようにして奥の小部屋へ運んでいった。舞が、その後姿《うしろすがた》を見やりながら小首をかしげている。

いま一人、同じく新太郎の後姿を見やりながら大きく首をかしげている又四郎がいた。

舞が改めて又四郎の注文のお断りに戻《もど》ると、

—今のはいったい……？

で、口をあんぐりあけたままになった。
―新吉が不自由なあいだお手伝いいただく方でございます。
舞は半分だけを正直に伝えた。
―どう見ても新太郎どのに見ゆるが。
又四郎も切口上になっている。
―うちでは新さんでお願いしております。
今度は舞も半《なか》ばおかしそうな口ぶりで言った。
そして奥《おく》から戻《もど》ってくる新太郎に、
―新さん、先ほどのお料理のお断りをこちら様にお伝えして下さいません？
と、やんわり言いつけた。
新太郎は、まったく板前よろしくのかっこうで又四郎の前にしゃがむと、
―あれは先に頼《たの》まれた方がございまして……。
と半分は正直に言った。そんな新太郎に、又四郎は呆気《あっけ》にとられながら、

――いや、それならば仕方もござらん。

と、かしこまった口調で答えていた。新太郎のほうは軽くおじぎすると、すっと板場に立っていき、舞も又四郎に小さく会釈《えしゃく》すると、そのあとを追うように立っていった。

(どうなっておるのだ⁉)

又四郎は二人の後姿《うしろすがた》を未練がましく追っている。

(あれじゃあまるで、この店をあの二人で仕切っているように見ゆる――ではないか)

又四郎は妬《ねた》み半分の気もちをおさえることができず、

――女将《おかみ》……。

と、舞の背《せ》に声をかけていた。

――何のご用でございましょう。

舞は、いつものように気さくにとって返してきてくれた。

——さきの蓋物《ふたもの》と同じものを、今の者に誂《あつら》えてもらいたい。

——そこは新吉に訊《き》いてみませんと——何しろ仕入れのほうがありますもので……。

舞は、いつもの口ぶりになっておだやかに答えた。

——魚《あれ》がないというのなら、さきの者が同じように誂《あつら》えるだけでも良い。

又四郎は未練気《みれんげ》に繰返《くりかえ》した。あれが新太郎ならば、いったいどうなっておるのだ?

——新さんに訊いてみましょう。

舞は澄《す》まして答えてくれたが、その〝新さん〟というのが、新吉なのか新太郎なのかの見当が、又四郎にはつけかねていた。

2

——奥《おく》へ持って参じましたが、どなたもおいでではありませんで……。

新太郎《しんたろう》は新吉《しんきち》に、そう告げずにはいられなかった。どういうことなんだ?

——いいんでさ。小半時《こはんとき》もして、さげにいってもらえばわかります。

新吉は、こともなげにそう答えたばかり。横合いから舞《まい》が言った又四郎《またしろう》の注文には、

——同じ魚《もの》はもうありやせんので、こいつでやっていただきやしょうか。

と、これまたみごとな鱸《すずき》を一本取出して新太郎に渡《わた》した。

自分なら「洗《あら》い」にしていただきたいもンだ——と新太郎は生唾《なまつば》を飲んだが、舞からの注文は、さっきのものと同じような煮《に》つけにして下さい——であった。

へい——とだけ答えて、新太郎は魚を洗《あら》いにかかり、これとあのノドグロとの味つけのちがいをどうするものか、困っていた。新吉は面白そうに、そんな新太郎の困り顔を、ちらちら眺《なが》めやるばかり。どうこうするようにとは言ってくれない。ううむ
——と思いながらも、

——こいつは、とにかく煮ちゃあもったいねえや。

新太郎は少しばかり伝法《でんぽう》な口のきき方をしてやった。

——せめてものことに、「湯引《ゆび》き」がいいとこで。

半ばは新吉さんにと、舞さんとに言ったつもりで料理にかかる。ていねいに小骨《こぼね》を抜《ぬ》いて皮をひこうとする。とはいっても、新太郎にとっては、見たことはあっても、やるのはこれが初めてなので、いささか以上に手古《てこ》ずっている。見かねた舞が新吉さん——と呼《よ》びかけようとしたとき、新吉のほうがつと動いて新太郎の手に手をそえてくれていた。自分の手の動きが不自由なところをおして、新太郎が手を動かせるように仕向けてくれていた。

その阿吽《あうん》の呼吸——とでもいうやつを、新太郎は素早《すばや》く感じとり、新吉の手のゆれを見て、自分の手を動かしていた。すいすいと動いてくれるのが有難《ありがた》かった。

新吉はそれを見ると、ついと手を引き、三歩さがって新太郎を見守るだけになった。それだけで新太郎は安心して手を動かすことを続けられた。新吉のほうは、熱湯と冷水の用意にかかってくれる。

新太郎が鱸《すずき》の身を熱湯にくぐらせ、冷水につけているあいだに、新吉はほとんど片《かた》手《て》だけで茗荷《みょうが》を千切りにしてくれている。手が不自由だとはとても思えない動きに

なっている。舞もほっとしてそんな二人の連携《れんけい》を眺《なが》めやった。

新太郎さまが——いや、新太郎さんが思っていた以上にできるもので、舞の気もちがほぐれてくれる。

（こんなふうにずうっと三人でやっていけたら、とてもたのしいだろうに……）

といった思いまでが、ぽかりと浮《う》かんできたくらいだ。舞もさすがに少しばかり疲《つか》れがにじみだしたものか、新吉さんのけがで、めずらしく弱気になっているものなのか。

そのとき客の——これはもう又四郎のものでしかない催促《さいそく》の咳払《せきばら》いが聞こえてきて、そんな舞を苦笑《にがわら》いさせた。注文の品とはちがうものだから、一目見て文句をつけられそう——と思った舞は、鱸《すずき》の大皿は自分が運ぶつもりになっている。

料理が仕上がって舞が大皿に手をかけたとき、新太郎がぐいと両手をさしのべて、大皿を持ちあげていた。

—こいつはわたしに運ばせていただきます。

すっかりここの一人になっている。

又四郎からの文句を見越《みこ》しての新太郎の動きであった。

また又四郎の咳払《せきばら》いが聞こえた。新太郎は大皿を捧《ささ》げ持つようにして板場を出ていく。まずは上《じょう》の出来の一皿だと、新吉が小さくうなずいてくれたのを背《せ》に受けて、座《ざ》敷《しき》に入る。皿を一目見るなり又四郎は案《あん》の定《じょう》、

—注文したものとはちがうぞ。

と文句をつけた。

—あの魚がおしまいでしたもので、こちらにいたしました。

新太郎が説明する。そして、まず一箸《ひとはし》つけてみて下さい——の目になって又四郎を見た。舞がそっとついてきていて、下から心配気に二人のようすをうかがっている。

又四郎は目ざとくそいつを見つけ、

—何かい、この店は客に注文をつけるのか。

と、からんだ。新太郎は一礼して、

――まことに差出がましいことかもしれませんが、とにかく一箸《ひとはし》おつけになってみて下さい。

と、あくまでここの者になりきっている。そこがまた気にくわない又四郎だから、ふん、ちっと横柄《おうへい》に鼻を鳴らし舌打《したう》ちして箸を取上げた。すねているので手荒《てあら》く、箸をふっとばしてしまう。舞がつつと板場にとって返して新しいのを持ってくる。新太郎がそれを受取って又四郎の前に置く。そうした二人のつながりが気にくわないのか、又四郎はわざとのように新しい箸を落とす。それでも新太郎は黙《だま》って目顔で舞に合図し、舞はまた板場にむかう。

そこがまたまたよけいに気にいらない又四郎は、鱸《すずき》の一片《いっぺん》を指でつまんで、ぽいと口にほうりこんだ。

さすがの新太郎も又四郎の無作法ぶりに、目端《めはし》を小さくとがらせた。そこへ舞が戻《もど》り、又四郎が口を動かしているのを見て、あら?の目になった。お箸もないのにどうやって……?

そのとき三人の頭上でコホンと小さな咳払《せきばら》いがして、ふふふ……とおさえた笑《わら》い声が続いた。

（ま、おじいさま！）

舞の目の端《はし》がとんがる。何もこんなときにこんなところにおいででなくてもよろしゅうございますでしょ――と頭上を見回す。

―又四郎どの、焦《いら》つかれるのはわからぬでもないぞ……。

声が降《ふ》ってきたと思うと、いきなりご隠居《いんきょ》の姿《すがた》が、又四郎のぽかんと口をあけた前にずいとあらわれた。両手にあの蓋物《ふたもの》の大きなのを抱《かか》えるように持っていたのを、鱸《すずき》の大皿の横にそっとおろした。

―こちらがご所望なら召《め》しあがられるがよい。

ご隠居はあちらで、蓋《ふた》をとって、と見こう見してこの上出来の一品《ひとしな》を眺《なが》めやっていたものとみえる。手つかず、であった。

―これはこれは……。

――これはまた……？

――いったいどうして……？

三人三様に小さく口走っていた。

――このもの――

と、ご隠居《いんきょ》は何故《なぜ》か武士《さむらい》言葉に戻《もど》ったような口のきき方をした。

――……は京で一度食《しょく》したことがあった。

――わたくしも江戸《えど》で一度……。

と、新太郎が受けた。

――まことに結構《けっこう》な味の魚どのよ。これは、新太郎どのが煮《に》つけられたるものか。

――はい、ふつつかではござりまするが……。

新太郎も武士言葉で答えている。

――それではわしもお味をみると――

いたそう――とまでは言わなかった。そこで自分の物言いの大仰《おおぎょう》さに気づいたら

しく、

――いた――しましょうかな。

と言うなり一箸《ひとはし》つけていた。口に運んだのを舌《した》の上で転がしてみて、ううむ……と小さく満足気《まんぞくげ》なつぶやきとともにつるりと飲みこんでいた。つられたように又四郎も箸をのばし、素早《すばや》く一口にやってみて、むむう……と小さくうめいた。それから、

――おぬし、まことにあの新太郎どのか？

と、奇妙《きみょう》な問いを発していた。

新太郎はにっと笑うと、

――まこともいつわりもわたしは一人でござ――います。

と答えていた。も少しで「ござる」と言うところだったわ――と口の中でのどに手をあてていた。気分はまだまだ新太郎どのから抜《ぬ》けていない――と苦笑《にがわら》いしていた。

――お味はいかがでございます？

かわりのように舞が又四郎に訊《き》いてくれている。

——ま、まことに結構《けっこう》……で……。

さすがの又四郎もついそう口走ってしまうほどのお味——だったのである。

——それはようございました。

と、これは正直にそう言って舞は嬉《うれ》しくなり、新太郎さまの背中《せなか》をパァンと優《やさ》しく叩《たた》いてさしあげたい気もちになっていた。

舞の表情に微妙《びみょう》にあらわれるそうした思いを、ことさら敏感《びんかん》に見てとった又四郎が、

(ぐううむ……)

と口惜《くや》し気《げ》に声を押《お》し殺している。

ご隠居《いんきょ》はそんな又四郎のことをちらと見たものの、

——ではそちらの大皿のものも一口いただくとしますかな。

と箸《はし》をのばした。又四郎も、つられたように箸を持ち直した。

——ううむ、こちらもまたまことに美味《びみ》……。

ご隠居は満足気な目を新太郎に戻《もど》して、

—こちらも新太郎どのの庖丁《ほうちょう》で?

とたずねる。

—は、い。

新太郎は何やらご隠居から庖丁づかいを教わっているような気分になっている。

—それは重畳《ちょうじょう》……。

ご隠居はどこかお殿《との》さまもどきの言い方で新太郎の腕《うで》をほめ、今度は舞にむかって言った。

—本夕の魚はどちらもなかなかの見立て。これからはこの「まい」でもこのようなものを使っていく気かな?

—その仕入れは新吉さんまかせ。これからは三人で話しおうてのことにいたしとうぞんじます。

舞も少しばかり改まったような口ぶりになっている。

—ふうむ。その三人のお一人にお訊《き》きしたいが、この先もここでこうやってこのような魚を使うて、このような料理をこしらえていってくれる気かな?

—あ、はい……。

新太郎が少しばかりあわてて座《すわ》り直してからご隠居《いんきょ》に答えた。

—そのつもりでやらせていただきたく……。

—ほう、ほう、それは結構《けっこう》なこと。

—で、そちらも何かい、同じ気もちでおるというわけよ、な。

今度は舞にむかって、優《やさ》し気《げ》にたずねている。

—はい、それはもう。新太郎さまさえそのお気もちならば、もう……。

ご隠居の目が新太郎と舞の間を素早《すばや》く往《い》き来《き》して、二人の目の色を確かめている。

二人は今度は黙《だま》ってご隠居の前で両手をついてかしこまったおじぎをしていた。

—ほうほう、それはめでたい。いや、案ずるより産むが易《やす》し——とはよう言うたものよ、な……。

そして又四郎にむかってはこう言った。

――そちらもそう思うであろう、な、な、な……。

思わねば思わせてみせようという、小さな気迫《きはく》のこもった声を残して、ご隠居の姿《すがた》は三人の宙空《ちゅうくう》にゆるゆるとのぼっていって溶《と》けて――消えてしまった。

3

新太郎《しんたろう》と舞《まい》はまだご隠居《いんきょ》の前で平伏《へいふく》したままのつもりでいるものだから、ご隠居の消えたあとに座《すわ》っている又四郎《またしろう》があわてている。

まるで二人してこのおれにむかって――というふうに見えるではないか。そのとき、

――女将《おかみ》さん、新太郎さん。

と呼《よ》ぶ新吉《しんきち》の声がかかった。

――お二人とも、お楽に、お気楽に……。

又四郎はあわてて二人に手をあげ頭をあげてくれるようにうながした。二人は揃《そろ》っ

て頭をあげ、ご隠居《いんきょ》の姿《すがた》がないのに驚《おどろ》いて顔を見合わせていた。

—おじいさまったら……。

舞が口を押《お》さえて、くくく……と笑《わら》った。その美しい笑顔《えがお》が自分のことを溶《と》かしこんでくれるように新太郎には見えた。

(そのつもりでやらせていただきたく……)

とさっき口にした言葉が頭の奥《おく》からこぼれ出てきて、新太郎はそれを今度は舞にむかって言わねば——と座《すわ》り直した。舞もその気配を察したものか座り直そうとした。

そのとき板場からもう一度新吉の声が飛んできた。

—お約束のお客さまのおいでで-す……。

—はあい……。

といい声で返事してついと立ったのは舞で、へい！ と返事して板場に走りだしていったのが新太郎であった。

あとには又四郎だけが取残されている。

又四郎はいつのまにやらしっかと右手に握《にぎ》りしめていたものをてのひらを開いて眺《なが》めた。そいつはほかでもないあの玉簪《たまかんざし》で、やわらかな珊瑚《さんご》の薄紅色《うすべにいろ》なのに、それが目に痛《いた》く沁《し》みた。

—ふうむ。ここはひとつ……。

気張《きば》った声でつぶやくと、又四郎は今度は持っている矢立《やたて》と懐紙《かいし》を取出すと、一筆《いっぴつ》したため、その紙で簪《かんざし》をていねいに包んでお膳《ぜん》の上に置いた。

それから、少し以上に重い腰《こし》をのののん！とあげると、黙《だま》って、ずずずいずるり——と表に出ていった。

忙《いそが》しさにまぎれてつい遅《おそ》くなった熱燗《あつかん》を手に、舞が又四郎のいた部屋に戻《もど》ったのは小半時《こはんとき》もすぎてからのこと。

—申しわけございません、まことに気のきかぬことで……。

詫《わ》びながら入ると、お膳の上のものとお皿、しか見当らなかった。いつのまにやら誰《だれ》かがきれいにたいらげた鱸《すずき》の大皿と――その前のお膳《ぜん》にかしこまっている紙包み。

それが、舞が熱燗《あつかん》をとんと置いたはずみで、ほろりとほどけるようにひろがった。

舞もよく知っているあの美しい珊瑚《さんご》の玉簪《たまかんざし》が、小さな生き物のように、ころがり出て、そのあとの紙には、

御祝《おいわい》として

舞どの

新太郎どの

又四郎拝《はい》

と小さく書かれているのが読めた。

――まっ。

舞は思わず玉簪を取上げると、板場にむかって、

―新さーん！

と呼《よ》びかけていた。

板場からは、へーい――という二人の新さんの二重唱みたいなくぐもった返事が返ってきた。

―アンズルヨリウムガヤスシ――とはうまいことを言うたものよ。

舞の耳許《みみもと》で、懐《なつ》かしい誰《だれ》かさんが満足気につぶやくのが聞こえて、舞は桜桃《さくらんぼ》の実がそっとふくらむような笑顔《えがお》になっていった……。

あとがき＝今江祥智

季刊誌「飛ぶ教室」が復刊したとき、編集担当の紀伊萬年さんと石井睦美さんから連載を――と言われて、すぐに頭に浮かんだのは、舞さんと新太郎の二人でした。

二人のことは、実は二冊の本に書いてきました。

おじいさまが侍《さむらい》をやめて料理人になりたいと思った、舞がまだ幼いといってよいころのこと。

そのあと小料理屋「まい」の若女将《わかおかみ》になった舞が新太郎と出会ったころのこと。新太郎は最初は剣の道でおじいさまに教えを受けたいと思っていたのに、刀のかわりに庖丁《ほうちょう》を持つようになったおじいさまに、今度は料理人になりたくてつきたいと思うようになったこと。

さて、それから二人はどうしていることやら。そこのところを追ってみたい——と思って、この物語を書きました。

おじいさまは亡《な》くなっているのに、ちゃっかり登場しますし、新太郎は板前の新吉さんにつくことになる。二人の新さんと舞の三人組が生まれたところで、ほっとして私も筆をおきました。

(舞と新太郎の出会いのころの話は『魚だって恋をする』(二〇〇四年/BL出版)に、舞とおじいさまが小料理屋を始めようとするあたりは『そらまめうでて　さてそこで』(一九九四年/文溪堂)に書きましたので、そのころのみんなと出会いたくなったら、その二冊をのぞいてみて下さい。舞やおじいさまや新太郎のことが、もっと好きになっていただけるかもしれません)

今はとにかく、この三人とつきあって十五年がかりで三部作といってよい三冊の本を出せて、ほうと嬉《うれ》しくて、うふ、ふふふ……といったところです。

二〇〇九年　春

今江祥智

いまえよしとも

1932年、大阪府生まれ。
日本児童文学者協会賞、野間児童文芸賞、エクソンモービル児童文化賞などを受賞。
作品に、
『ぼんぼん』(理論社)
『袂のなかで』(マガジンハウス)
『ひげがあろうが　なかろうが』(解放出版社)
『あめだまをたべたライオン』(和田誠・絵、フレーベル館)
『サンタクロースが二月にやってきた』(あべ弘士・絵、文研出版)
『そらまめうでて　さてそこで』(文溪堂)
『魚だって恋をする』(BL出版)、など。
京都市在住。

宇野亜喜良

うのあきら

1934年、愛知県生まれ。
日宣美展特選、講談社出版文化賞挿絵賞、赤い鳥挿絵賞などを受賞。
出版作品に、
『あのこ』(今江祥智・文、理論社)
『ぼくのスミレちゃん』(今江祥智・文、旬報社)
『きつねのぼんおどり』(山下明生・文、解放出版社)
『あかるい箱』(江國香織・文、マガジンハウス)
『おばあさんになった女の子は』(石井睦美・文、講談社)
『立たされた日の手紙』(神沢利子・詩、理論社)、など。
東京都港区在住。

桜桃のみのるころ

2009年6月1日　第一刷発行

作——今江祥智
絵——宇野亜喜良
発行者——工藤俊彰
発行所——ＢＬ出版株式会社
神戸市兵庫区出在家町2-2-20　電話078-681-3111
印刷所——株式会社図書印刷同朋舎
製本所——株式会社　ハッコー製本
装幀——杉浦範茂
編集——成澤栄里子

ISBN 978-4-7764-0365-4 NDC913 303P 20cm

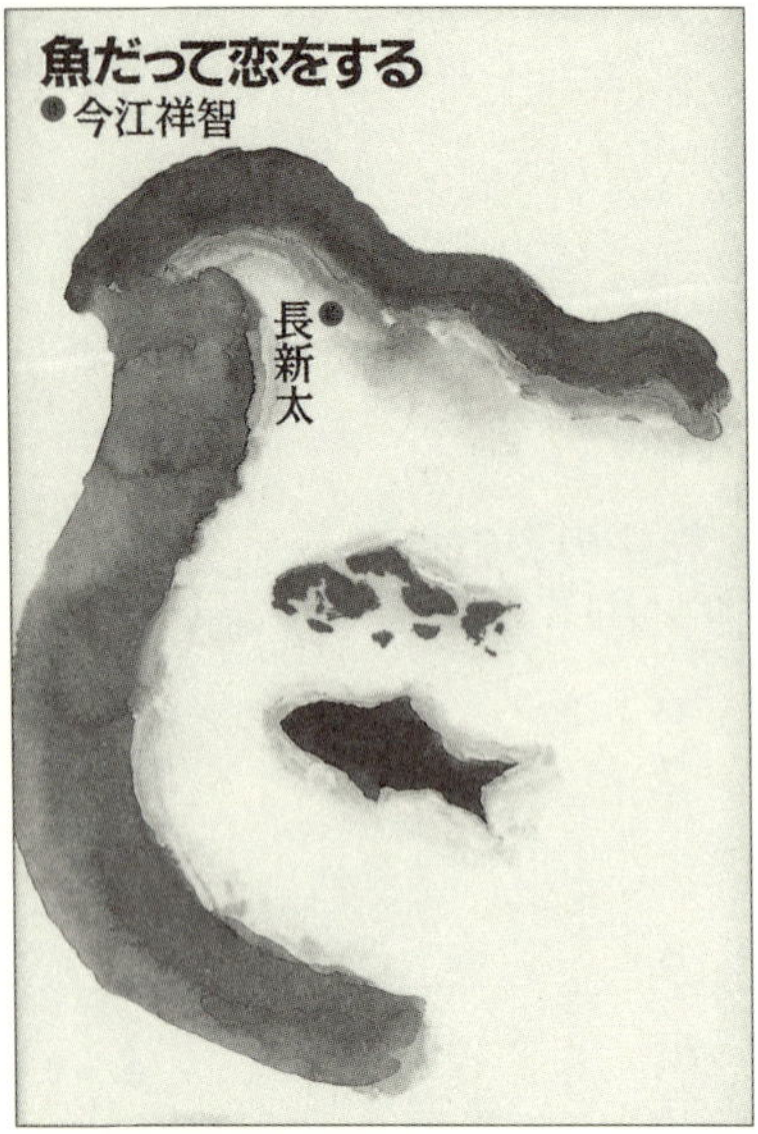

魚だって恋をする

今江祥智 作
長新太 絵

新太郎の秘密の稽古場に現われた
少女・舞は、
かなり腕がたちそうだ！
そのうえ、
舞の祖父と新太郎の父親には、
何か因縁があるらしい。
新太郎は舞に惹かれ、
武士をやめて
板前になったという
舞の祖父にも興味を持って……。
剣の道を志す新太郎の、
初恋物語・入口編。

オリーヴの小道で

今江祥智 作　宇野亜喜良 絵

マリアばあちゃんは、ねこのジュゼッペと静かな二人暮らし。仕事場の美術館も静かで、マリアばあちゃんは毎日絵に語りかける。そっと、何度も。そんなある日、展示室に一人の紳士が現われて……。

イタリアの画家モランディの絵を舞台に繰りひろげられる、ゆったりとした不思議の世界。

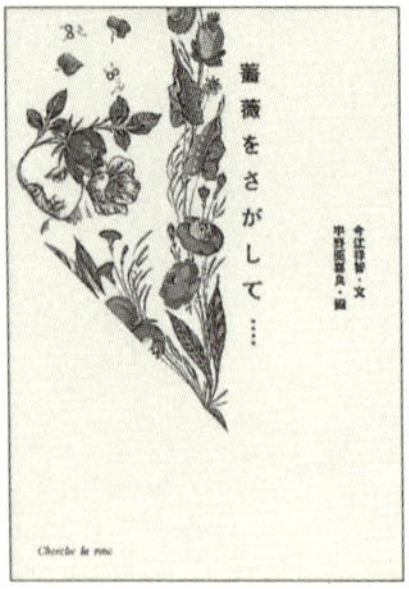

薔薇をさがして…

今江祥智 作　宇野亜喜良 絵

昭夫は13歳のコックさん。父を事故で亡くしたあと、母が始めた西洋居酒屋を手伝っていた。ある日昭夫は、厨房の小窓から銀色に光る少女の後姿を見かける。

それは転校していったはずの同級生によく似ていたのだが……。

少年少女の出会いを幻想的に描いた、美しい作品。